ロディ

二度転生した少年はSランク冒険者として平穏に過ごす 5

~前世が賢者で英雄だったボクは来世では地味に生きる~

十一屋 翠

illustration がおう

リリエラ【冒険者ランク：A】

レクスとパーティを組んでいる少女。彼との冒険でかなり力をつけて来ておりSランクへの昇格が期待されている。

レクス【冒険者ランク：S】

二度転生し念願叶って冒険者となった少年。自身の持つ力は今の世界では規格外過ぎるが本人にその自覚はない。

チームドラゴンスレイヤーズ【冒険者ランク：E】

レクスとの修行を経て、着々とランクアップしているジャイロ、ミナ、メグリ、ノルブの4人組パーティ。

モフモフ

この世を統べる世界の王(自称)。レクスを倒す機会を狙うが本人にはペット扱いされている。名前はあくまで仮称。羽が好物。

あらすじ

賢者、英雄と二度の人生を経て転生し憧れていた冒険者となり瞬く間にSランクに昇格した少年、レクス。海の町での冒険から帰ってきた彼は今度は天空に浮かぶ空島へリリエラと旅立つ。

しかし、空島は様々な問題を抱えていた。その解決を依頼されるも王の傲慢な態度に難色を示すレクス。そんな中、ドラゴンスレイヤーズが合流しジャイロの説得もありお姫様からの依頼として島の窮地を救うことに。調査を続けるうちに今回も魔人が関わっていたことを知る一行。前は傷をつけるのがやっとだったジャイロたちは修行の成果により魔人の一人を倒すことに成功。一方、もう一人の魔人を余裕で倒すレクス。

そして、問題を解決した彼らはお姫様に惜しまれながらも王都の拠点へ帰っていくのであった。

第9章

第74話 緊急招集とSランクパーティ 014
第75話 キャンプ基地を守れ！ 040
第76話 聖女と黒死の邪眼 052
第77話 導く者、湧き出るモノ 074
第78話 遺跡とキメラ 100
第79話 キメラご飯と秘密の本棚 126
第80話 禁忌の結晶 156
第81話 蘇る死者と怒れる魔人 176

第10章

第82話　新たなる白き災厄と救いの光　202
第83話　キメラ廃棄場　214
第84話　地下水脈に潜む者　232
第85話　逃亡キメラと毒の空気　252
第86話　蠢き、迎え撃つ者達　270
第87話　対決、最強試作キメラ　280
第88話　すべて終わって　297

書き下ろしエピソード

現代編　『リリエラの冒険日記～Sランクの仲間も規格外～』　318
あとがき　352

第9章

第74話　緊急招集とSランクパーティ

「ただいまだぜ兄貴ー！」

「おかえりジャイロ君」

仕事を終えて帰ってきたジャイロ君達が、随分と上機嫌な様子だ。

何か良い事でもあったのかな？

「聞いてくれよ兄貴！　俺達Cランクになったんだぜ！」

「ホント!?　凄いじゃないか皆！」

ランクが上がったジャイロ君達に、僕は賞賛の言葉を送る。

「いや、兄貴は速攻でBランクになったじゃんか……」

いやまぁ、でも僕には前世と前々世の知識と経験があるからね。

そういう意味じゃ、過去の積み重ねが無い状況でもうCランクになっているジャイロ君達の方が凄いよ。

「リリエラさんが言っていたよ。Cランクになるには結構な時間がかかるって。そう考えればやっぱり凄いよ」

「へへっ、そうかな」

ジャイロ君が嬉しそうに笑いながら頬をかく。

「それよりも、レクスに伝える事があるでしょ」

「っと、そうだった」

ミナさんに指摘され、ジャイロ君が慌てた様子になる。

「伝える事って？」

「そうなんだよ兄貴！　冒険者ギルドから兄貴に、すぐに来て欲しいって言伝を頼まれてたんだ」

冒険者ギルドから？　一体なんの用だろう？

空島関係だったら面倒だなぁ。

「それよりも、次の冒険に行く時は俺達も最初から連れて行ってくれよな！　置いてけぼりは嫌だぜ！」

ありゃりゃ、空島の件で置いていった事で拗ねちゃったみたいだね。

弟が居たらこんな感じなのかなぁ。前世も前々世も兄弟っていなかったから、なんだか新鮮な感じだね。

「分かったよ。次は皆で冒険に出よう」

「おうっ！　って兄貴、何でそんな生暖かい目で見て来るんだよ!?」

「はははははっ」

と約束したのは良かったんだけど、この時の僕は次の冒険にジャイロ君達を連れていく事が出来ないとはまだ気付いていなかったんだ。

◆

「新しい遺跡ですか？」

冒険者ギルドにやって来た僕は、そのままギルドの奥にある応接室へと連れてこられた。

そしてそこで待っていたギルド長のウルズさんから、新たに発見された遺跡の探索を依頼されたんだ。

「うむ、近頃とある危険領域で遺跡が発見されてな。お前さんにはその遺跡の探索を手伝って貰いたいんだ」

「けど、何で僕なんですか？　王都のギルドなら優秀な冒険者さん達が沢山いると思うんですけど」

それこそ冒険者一年生の僕と違って、経験豊富な遺跡探索のプロフェッショナルは沢山居ると思うんだよね。

「その理由は、そこが危険領域だからだ」

危険領域。確か一定のランク以上の冒険者でないと入れない危険な土地の事だったね。

「カーバング鉱山はその名が示す通り、良質なルビーが出る事で有名な鉱山だったんだが、ある時坑道と自然の洞窟が繋がったんだ。それだけならよかったんだが、その洞窟の中からA、Bランクの魔物がわんさか現れてな。あっというまに鉱山は魔物に占拠されちまったらしい」

「洞窟と繋がった穴を塞げばよかったんじゃないですか？」

「それがな、そこから出て来た魔物が今まで発見された事の無い新種の魔物だったんだよ」

へぇ、洞窟から出て来た新種の魔物かぁ。

閉鎖環境の中で独自の進化を遂げてきたのかな？　ちょっと興味が湧いてきたかも。

「しかもこの魔物から採取できる素材がこれまた貴重でな。いつか採れなくなる宝石よりも、貴重な素材をほぼ無限に確保できる魔物の方が金になると判断、鉱山と洞窟はAランクの危険領域に指定され、繋がった穴はそのままになった訳だ」

成る程、将来を見込んだ欲が勝ったわけだね。

「で、最初の話に戻る訳だが、その洞窟内部で見つかった遺跡はかなり危険でな。遺跡を発見した冒険者パーティが再探索に向かったきり戻らなくなった。そして新たに突入したAランクパーティ数組も戻ってこない」

「経験豊富なAランクパーティが戻ってこないって、それってかなりヤバいんじゃないですか!?」

「ああ、事態を重く見た国とギルドは、Aランクパーティでも戻ってこられないこの遺跡を、新たにSランクの危険領域と認定。暫定的に鉱山内の探索も禁止する事になった」

うわー、なんだか大事になってるなぁ。

「つまり僕を呼んだ理由は……」

「ああ、我々が招集したSランク冒険者達と共にこの遺跡を調査して貰いたい」

「Sランク冒険者『達』!?」

まさか僕以外のSランク冒険者も参加するの!?

「そうだ、Aランク冒険者でも全滅する未知の遺跡だ。ギルドの総力を挙げてでも探索する価値があると我々は判断している」

Sランクの冒険者達が集結する危険領域内での遺跡調査!

凄いな、なんだかドキドキしてきたよ!

手違いでSランクになった僕だけじゃなく、本物の熟練のSランク冒険者達と一緒に冒険出来るなんて!

こんな凄い依頼、一生に一度、ううん、前世と前々世を足しても一度受けられるかどうかだよ!

まるでライガードの物語でも屈指の人気エピソード、英雄達の邂逅みたいだ!

複数の国が手を取り合って戦っても倒せない恐ろしい大魔獣を、ライガードを始めとしたSランクの冒険者達が討伐するという、手に汗握る激戦の物語。

そんな戦いを、僕も体験できるかもしれないなんて、ワクワクが止まらないよ！

「もちろんSランクだけじゃあない。露払い役とキャンプベースの護衛を兼ねて、実力派のAランク冒険者達も募集する。望むなら君のパーティメンバーも参加させて良い」

「良いんですか!?」

「実力のある者は一人でも欲しいからな」

成る程、それならAランクに昇格したリリエラさんも一緒に参加できるね！

でもさすがにCランクのジャイロ君達を参加させるのは難しそうだ。まだ修業中の皆を、こんな危険な依頼に同行させるわけにはいかないからね。

ついさっき、次は一緒に冒険に行く約束をしたばかりだったから、これはまたジャイロ君が拗ねちゃいそうだなぁ。

「どうだ、やってくれるか？」

うーん、僕としては物凄く興味があるんだけど、一度パーティメンバーのリリエラさんの意見も確認しないとね。

僕等は仲間だから、僕が一人で勝手に全部決める訳にもいかない。

「一度仲間と相談してからでも良いですか？」

「構わんさ。こちらも役人達と色々調整する事があるからな。三日以内に返事を貰えると助かる」

「分かりました！」

よし、すぐに戻って皆と相談だ！

◆

「という訳で、Sランクの危険領域を捜索する合同依頼への参加を要請されたんだ」

家に戻った僕はリリエラさんとジャイロ君達に事情を説明する。

「マジかよ!?　Sランクと一緒に仕事なんて凄ぇな兄貴!?」

「カーバング鉱山の事は聞いた事がありますけど、そんな事になってたんですね」

「あそこのルビーは元々質が良い事から評判が良かったから、この件でまたあの鉱山産のルビーの価値が上がるかも……今のうちに買いあさっておこうかな？」

あはは、メグリさんは遺跡よりも宝石の方が気になるみたいだね。

「っていうか、Sランクの危険領域って、どれだけヤバイ場所なのよ!?」

「Bランクの魔獣の森は森そのものが魔物で、すべての木々が襲い掛かってくる場所だったよ」

「「「「怖っ!?」」」」

いつも自信満々なジャイロ君でもこの反応なんだから、リリエラさんはかなり勇気のあるBランク冒険者だったんだなぁ。

まぁ今はAランクに昇格したけど。

「それで、リリエラさんはどうします？　ギルド長は実力さえあれば連れてきても良いって言っていましたが」

「そうね……」

リリエラさんは目を細めて考え込む。

「別に悩むこたぁねぇだろ。兄貴が行くんだぜ？　だったら依頼は達成したも同然だろ？」

「バカ、Aランクはキャンプの護衛なんだからレクスとは別行動なのよ。何かあっても助けて貰えるわけじゃないのよ」

「あ、そっか……っていうか叩くんじゃねーよ！」

と、気軽に考えていたジャイロ君の頭を叩いて、ミナさんが窘める。

うーん、そう言われると僕も心配になるなぁ。

リリエラさんの実力は信じているけど、今回はSランクとAランクを総動員するような大事だ。

どんな危険が待ち構えているか分からない。

前世でも、これだけ準備すれば大丈夫だろう！　って思った時ほど、とんでもない想定外が襲ってきたからなぁ……

「決めたわ」

と、そこで依頼を受けるかどうかを決断したリリエラさんが顔を上げる。

「受けるわ。Sランクパーティには参加できないけれど、レクスさんの帰る場所は私が責任をもって守ってみせる」

おお、頼もしい発言だ！

「よろしくお願いします、リリエラさん！」

「ええ！　任せて！」

「ちっくしょー！　俺達も早くAランクになってりゃ、兄貴と一緒に冒険に行けたのによぉー！」

「我慢しなさい。さすがにSランクとAランクの冒険に付いて行くには私達じゃ経験不足よ」

「あーっ！　リリエラの姐さんが羨ましいぜぇーっ！」

「キュウ？」

皆で騒いでいると、モフモフが僕も交ぜてと足元に寄って来る。

「今回はいつもより危ない仕事だから、モフモフもお留守番だね。ジャイロ君、モフモフをよろしくね」

「おうっ、任せてくれよな兄貴！」

「キュウウ？」

あはは、モフモフは一体何の話？　って感じで首を傾げている。

まぁ人間の都合なんて分からないよね。

こうして、僕とリリエラさんはSランクの危険領域で発見された遺跡探索の指名依頼を受ける事にしたんだ。

「ニャリキュウ」

ん？　今モフモフが変な鳴き声を上げたような気が？　気のせいかな？

◆

一週間後、僕達は王都の外に出てきていた。

ギルドからの指名依頼の集合場所が王都の外だったからだ。

既に集合場所には冒険者さん達の姿が見える。

決して人数は多くないけれど、全員が油断ない目つきをしている。

これが近隣から集められた高ランク冒険者さん達か。皆強そうだなぁ。

「諸君、良く集まってくれた」

その時、ひときわよく通る声が集合場所に響き渡る。

そして、いつも冒険者ギルドで見る受付嬢さん達と共に、一人の男の人が前に出てくる。

整った髪とシワのない衣服が几帳面な印象を与える人だ。

何より全身から発される雰囲気は、ただの事務員のものじゃない。

もしかしたらこの人も以前は冒険者だったのかもしれない。

「私はギルドから派遣された監査役のワンダだ。以後よろしく頼む」

ワンダと名乗った冒険者ギルドの職員さんは、依頼についての説明を始める。

「まず最初に、今回は非常に危険な依頼であるというのに集まってくれた諸君の勇気に感謝したい。諸君も知っているとは思うが、今回は史上三番目にSランクの危険領域となった土地の調査だ」

史上三番目？　って事は、あと二つSランクの危険領域があるんだ！

「中に入った者で生きて戻って来た者は居ないというSランクの危険領域ではあるが、諸君に頑張って貰うのはAランクの危険領域までなので安心してくれたまえ。……まぁ油断すると死ぬが」

さらりと怖い事を言った！

「君達には鉱山前のキャンプの護衛と、鉱山内部の洞窟内に設置する予定の第二キャンプの護衛を行って貰う」

ふむふむ。活動拠点を二つ作る訳だ。

「既に先行した部隊によって、鉱山前にある開けた土地に第一キャンプの設置が完了している。まずはそこで準備を整え、翌日の朝から鉱山内で発見された洞窟に第二キャンプを設置しに向かう」

安全重視で活動範囲を広げて行く訳だね。

「そして問題のSランクの危険領域だが、この前人未到の危険地帯を探索するのは、もちろんその危険を乗り越える事の出来る猛者達だ！」

ワンダさんが右手を天にかかげる。

「そう、Sランクの冒険者だ！　晴嵐のロディ、聖女フォカ、天魔導ラミーズ、双大牙のリソウ、そして期待の新人、大物喰らいのレクスだ!!」

「「「おぉぉぉぉぉっ!!」」」

集まった冒険者さん達が歓声を上げる。

っていうか、僕の名前の前にへんな枕言葉が付いていたような気がするんですけど!?

「スゲェ！　Sランクが5人も参加するなんて前代未聞だぞ！」

「しかもその内の一人はつい最近Sランクになったばかりだって話だ」

「新しいSランクか。どれほどの実力者か楽しみだぜ」

冒険者さん達がSランク冒険者さんの参加について興奮した様子で会話をしている。

いや、僕は成り行きでSランクになったようなものなんで、あまり期待しないでくださいよ!?

「静粛に！」

ワンダさんが声を上げると、冒険者さん達の声が静まっていく。

この切り替えの速さはさすがAランクって感じだね。

「我々の目的は三つ。まず鉱山内部の自然洞窟内に第二キャンプを設置する事。第二に洞窟内の遺跡に潜り、先日消息不明となったAランク冒険者パーティの安否を確認する事。そして第三に遺跡の探索だ」

ワンダさんはここで一旦言葉を区切る。

「細かい説明は鉱山前のキャンプに到着し、先行したメンバーと合流してから行う。それでは我々が準備した馬車に……」

と、そこで周囲が騒がしくなる。

「なんだ？」

ワンダさんも怪訝な顔で周囲を見回す。

どうやら冒険者ギルドも想定していなかった何かが起こっているみたいだ。

もしかして魔物が現れたのかな？　ここは町の外だし。

そう思った僕だったけれど、それは違うみたいだった。

「よう、ちょっと良いかい」

「あ、貴方はギルド長!?」

人混みをかき分けて現れたのは、ギルド長のウルズさんだった。

「ギ、ギルド長、何故このような場所に!?」

ワンダさんが困惑した様子でギルド長の下へ向かう。

「なぁに、これから若い連中が危険な場所に向かうんだ。ちっとハッパを掛けてやろうと思ってな」

冒険者さん達は、突然現れたギルド長を緊張した様子で遠巻きに見つめている。

「ア、アレが伝説のウルズ、王国の危機を救ったという元Sランク冒険者か……」

え!?　ギルド長ってSランクだったの!?

「かつて王国西域に現れ暴威を振るったというドラゴンを討伐し、王家から勲章と共に爵位を授かる事になったが、冒険者に肩書なんざ要らねぇって突っ返したっていうあの伝説の!?」

ええっ!?　ギルド長ってそんな事していたの!?

それにしても、王家から爵位を賜るなんて、一体どんな恐ろしいドラゴンと戦ったんだろう……

「ドラゴンとの戦いの傷が原因で一線を退いたらしいが、未だに現役としか思えねぇ迫力だぜ」

欠片も殺気を感じさせないのにAランクの冒険者さん達が気圧されている。

あれが、元Sランク冒険者なんだね……

「あー、ちょっと良いかな」

ギルド長が声を上げると、一瞬で場が静寂に包まれる。

「今回の依頼はお前さん達も聞いた通りSランクの危険領域だ。お前さん達が関わるのは、これまでAランクの危険領域だった範囲までだが、それでも何が起こるか分からん。最悪死ぬ可能性もある」

元Sランクであるギルド長の淡々とした言葉に、皆が息を呑む音が聞こえる。

「だがそれは、逆に考えればチャンスだ！　想像もしなかったお宝に出会えるチャンス！　見た事もない魔物を狩れるチャンス！　何より、とんでもねぇ冒険が出来るチャンスだ！」

ギルド長がニヤリと笑みを浮かべる。

「どうだ？　ワクワクするだろ？」

ザワリ、と皆の体が震える。

「行ってこいや小僧共！　冒険の時間だ！」

「「「「おおぉぉぉぉぉぉぉっ!!」」」」

ギルド長の言葉に、皆が雄叫びを上げる。

「それでは、皆馬車に乗り込んでくれたまえ」

ワンダさんの指示と共に、冒険者の皆が勢いよく馬車に乗り込んでいく。

「僕達も頑張りましょうリリエラさん！」

「ええっ！」

「ちょっと待ってくれたまえ」

僕はリリエラさんと一緒に馬車に乗りこもうとしたんだけど、それをワンダさんが制止する。

「何でしょうか？」

「すまないが君は別の馬車に乗って貰えるか？」

「別の馬車ですか？」

どういう事だろう？

「うむ、君にはSランク冒険者用の馬車に乗って欲しいのだよ」

「Sランク専用？」

「ああ、今回はSランク冒険者が主力だからね。移動中の君達は護衛される立場でもある。それに顔合わせもさせたいからね」

うーん、なんだか面倒事の気配がするぞ。

嫌な予感がして乗る気が起きなかったけれど、そんな僕の肩をリリエラさんがポンと叩く。

「依頼主であるギルドからの指示なんだし、従った方が良いわ」

「リリエラさんは良いんですか？」

「構わないわ。現地ではまた一緒になるんだし」

リリエラさんがそう言うならまぁ。

「分かりました。それじゃあ僕はこちらの馬車に乗ります」

「ええ、任せて。道中レクスさん達は私達が守るから！」

◆

リリエラさんと別れた僕は、ギルドの用意したSランク冒険者用の馬車に乗る事となった。

Sランクだけを乗せた馬車は見た目の豪華さから、一見特別扱いに見えたけれど、どうも違うっぽい。

「君達はこれから臨時のパーティを組んで貰う。だがいかにSランクといえど、会って間もない者同士で連係を取ることは難しい。そこで短い間ではあるが、目的地に着くまでの時間でSランク同士、親交を深めてほしい」

と言われてしまった。

けど目的地に着くまでの短い時間で親交が深まるのかなぁ？

「なぁ大物喰らい」

なんて心配していたら、さっそく双大牙のリソウさんが話しかけて来た。

「ええと、それってもしかして僕の事ですか？」

「そうだ、お前が大物喰らいなんだろう？　Sランクの魔物を立て続けに倒し、最年少でSランク入りをしたという」

ああ、だから大物喰らいなのか。

なんだか恥ずかしい二つ名だなあ。

……ジャイロ君がドラゴンスレイヤーズを名乗るのを恥ずかしがった理由が分かった気がするよ。

「あらまぁ、凄いのねぇ」

次いで会話に入って来たのは聖女フォカさんだ。

この人は見た感じ20代中ごろといった感じなんだけど、非常に母性を感じさせる女性で、特に胸に母性が溢れていた。

「聞くところによると、見た事も無い魔法を操っていたと聞くが、もしやロストマジックか？」

そして今度は天魔導ラミーズさんも会話に加わって来る。

この人はいかにも学者然とした魔法使いだ。

魔法学院で研究をしている研究者と言われても納得できる。

「はははっ、確か先日はクラーケンとメガロホエールを退治したんだって？　遺跡に着いたらまた勝負をしないか？」

そしてチームサイクロンのロディさんは相変わらず勝負好きだなぁ。

Sランクの冒険者さん達は怖い人達ばかりかと思っていたら、意外とフレンドリーな人達ばかりみたいだ。

皆朗らかに話しかけて来る。

年下の僕を気遣ってくれているのかな？

リソウさん達は僕がどんな魔物と戦い、どうやって切り抜けて来たのかを聞きたがった。

もしかしたら自分が戦ったことの無い魔物に興味津々なのかもしれない。

「ほほう、そんな戦い方がなぁ」

「身体強化魔法ですか。近頃は便利な魔法があるんですねぇ」

いえ、普通の魔法ですよ？

どうもフォカさんは普通の魔法に接する機会があまりなかったみたいで、ごく普通の魔法の話を聞いても興味深そうにしていた。

そんな時だった。

突然馬車が止まり中に居た僕達、というよりも僕に詰め寄っていたSランクの先輩達が僕に向かって倒れ込んでくる。

「ぬっ」

「ととっ」

リソウさんとロディさんはさすが戦士だけあって、すぐにバランスを取って踏ん張る。

けどフォカさんとラミーズさんは止まれずに僕に覆いかぶさって来る。

「ああっ、ごめんなさい！」

フォカさんの胸が僕の顔に覆いかぶさり、更にその後ろからラミーズさんがぶつかって来たので、猶更フォカさんの胸に顔が埋まってしまう。

っていうか、苦しい！　ちょっと本気で息が出来ないんですけど!?

「ははは、さすが大物喰らい！　さっそくフォカの胸を喰らったな！」

「どちらかというと喰らうの意味が逆だと思うがね」

ちょっと二人共、笑ってないで助けて！

「もがーっ！」

「それよりも一体何事だ？」

リソウさんが突然の急停止を訝しみ、馬車前方の小さな窓を開けて御者さんに声をかける。

「あっ、リソウさん！　大変です！　魔物の群れが前方から接近してきているんです」

「おっ、さっそく来たか！」

それを聞いたロディさんが楽しそうに馬車のドアを開けて外へと飛び出す。

「ふむ、どの程度の獲物だ？」

次いでリソウさんも出て行ったので、僕もそれについていく。

そして前方を見ると、街道の向こうから接近してくる魔物達の姿が見えた。

「あれはハイトロールだな。Aランクの魔物だが、知能が低い事から同ランクの魔物の中でも下位に位置している。ただ再生能力が高い為、数で攻められるとAランクのパーティでも全滅の危険があるぞ」

後ろからやって来たラミーズさんが、皆に聞こえる様に拡声の魔法を使いながら、接近してくる魔物の説明をしている。うん、情報共有は大事だよね！

「ふーむ、街道で遭遇する魔物の相手はAランクの仕事だが、あの数となると少々苦戦するか？」

今回の依頼だと、僕達Sランクは遺跡の探索に集中する為、道中の戦闘はAランクの冒険者さん達に任せる事になっているからね。

でもまぁ所詮相手はハイトロールだ。

Aランクの冒険者さん達があれだけ集まっているんだから、心配は要らないだろう。

「よし、迎え撃つぞ！」

早速Aランクの冒険者さん達が馬車から降り、ハイトロールの迎撃準備を済ませて待ち構えている。

　さすがに迅速な対応だね。

「諸君、待って欲しい！」

　と言ったのはギルドの職員であるワンダさんだった。

　Aランクの冒険者さん達も一体何事かと彼を見る。

「本来なら街道で遭遇した魔物との戦闘は諸君等Aランクの仕事だが、今回だけはあるSランクの冒険者に戦って貰おうと思う」

　Sランクに？　一体なんで？

「レクス君、戦って貰えるかな？」

「僕ですか!?」

　まさかのご指名だよ!?

「アイツが大物喰らいのレクス!?　まだ子供じゃないか!?」

「いや、ギルドに所属しているから成人はしているだろ」

「それにしても若い。本当にSランクなのか!?」

　僕がSランクのレクスだと知った冒険者さん達は僕の若さに疑問の声を上げる。

　確かに僕自身、自分がSランクになったのは何かの間違いなんじゃないかと思っているくらいだからなぁ。

「この通り君の若さは共に戦う仲間達に疑念を持たせてしまう。そこでまず君一人に戦って貰う事で、その実力を皆に示して欲しいのだ」

特にSランクの仲間にねと、ワンダさんは付け加える。

成る程、僕がSランクに相応しい実力を示す事で、Sランクの皆さんに足を引っ張る事は無いよと信頼して貰えって言いたいらしい。

「わかりました。僕が対処します」

「幾らなんでも一人で相手をするのは大変じゃありませんか？」

とフォカさんが心配そうにワンダさんに苦言を呈する。

「いやいや、所詮はハイトロールだ。Sランクなら苦戦もしないだろうよ」

「私ならこの距離から燃やし尽くすな」

リソウさんとラミーズさんは倒せて当たり前という雰囲気だ。

「はっはっは、大丈夫だ。この少年の実力ならハイトロール程度問題ないさ。というか、どちらが多く狩るか競争しないか？」

ロディさんは安心させたいのか競争したいのかどっちなんだろう？

きっと両方なんだろうな。

まぁいいや。そろそろハイトロールの群れが近づいてきたし、迎撃しないと。

僕は前に出て剣を抜く。

「剣で戦うのか」

「だがあの細い剣ではハイトロールと戦うには心細くないか？」

「高い再生能力を持つハイトロール相手に普通の大きさの剣は不利だろ」

Aランクの冒険者さん達は、僕がどんな戦い方をするのかと興味津々みたいだ。

でも申し訳ない、わりと地味な戦いになると思いますよ。

だって相手は再生能力だけしか売りが無いハイトロールだし。

僕は十分な距離までハイトロールの群れを引き付けると、剣に魔力を流し込み、横なぎに振るいながら魔法を放つ。

「メルティングウェイブ!!」

剣の表面に青い炎が宿り、振るった剣の軌跡をなぞる様に炎の波紋が扇状に広がってゆく。

この光景を上から見たら、水面に落ちたものを中心に波紋が広がる光景に見えた事だろう。

波紋はそのままハイトロールの群れを通りぬけ、50メートルほど後ろまでいったところで消滅した。

そして魔法が消え去った後には、上半身が切断されて、走り続ける下半身だけがこちらに向かってきていた。

けれどその下半身も暫く走ると、上半身がなくなっている事に気付いたかのように地面に倒れ伏す。

ハイトロール達に再生する気配はなく、持ち前の生命力で暫くはビクンビクンと動いていたけれど、次第に動きが小さくなっていき、最後には動かなくなった。

それを見届けた僕は、ワンダさんに告げる。

「終わりました」

「……へ？」

ワンダさん達がキョトンとした顔でこちらを見る。

「ですから、ハイトロールの群れの討伐が完了しました」

「……終わった？　Aランクの魔物の群れを？　もう？」

うん、ハイトロール達はとっくに死んでいるしね。

「……」

「……」

何故か周囲が無言になる。

あれ？　何か失敗しちゃったのかな？

「す、すげぇぇぇぇぇっ!!　なんだこりゃぁぁぁぁ!?」

「あのハイトロールを一撃!?　しかも剣で!?」

「違う！　ありゃあ魔法だ！」

「だがどんな魔法なんだ!?」

「みろ！　倒されたハイトロールの切断面を！　焼け焦げた跡があるぞ!?　これでハイトロールの再生能力を封じたんだ！」

「何だって!?　本当だ！　血が一滴もこぼれていない。一瞬で切断面を焼いたのか……」

「とんでもない魔法だな」

突然叫びだした冒険者さん達は、皆してハイトロールの死体に群がって、僕がどうやって倒したのかを考察している。

そう、メルティングウェイブは炎の斬撃を飛ばして広範囲の敵を切り裂く魔法だ。

しかも斬撃は高熱を放っているので、傷口を即座に焼いてしまう。

再生能力のある魔物対策に開発された魔法なので、そういった魔物の大半はこの魔法で対処できる。

「いやはや、さすがは最速最年少でSランク入りしただけの事はある。見事見事」

と、リソウさん達がやってくる。

「ええ、大したものだわ」

「それよりも今の魔法だが……もしかしてロ」

「いやぁ！　さすがの実力だな！　寧ろ一段と強くなっていないか!?　ああ、やはり勝負したかったな！」

ラミーズさんが何か言おうとしていたみたいなんだけど、ロディさんの言葉がかぶさってかき消されてしまった。

「どうでしたかワンダさん？　これで実力を示した事になりましたか？」

変に派手な演出をする事無く、速く安定して敵を倒せる事をアピールしてみたんだけど、ちょっと地味だったかな？

「……あ、ああ。十分だ、これなら皆君の実力を認めてくれるだろう」

よかった。これで今後の連係は大丈夫そうだね。

第75話　キャンプ基地を守れ！

皆に実力を示す為、単独でハイトロールの群れを退治する事になった僕だったけど、問題なく魔物を討伐した事でなんとか認めて貰う事が出来た。

「だがこんな場所にハイトロールの群れが現れるとはおかしいな。そもそもコイツ等は人里の近くや街道には近づかない筈なんだが」

ロディさんがハイトロール達の死体を見て首をかしげている。

確かに言われてみればそうだね。

「ふむ、例の遺跡がらみかもしれんな」

「となれば、周辺の村々に被害が及ぶ前に調査を急ぐ必要がありますね」

「うむ」

と、新しい方針が決まったその時だった。

「おい、あれを見ろ！」

周囲を警戒していた冒険者さんがある方向を指差して声を上げる。

僕達もつられて同じ方向を見ると、彼方に煙が上がっているのが見えた。

「あれは……煙?」

煙が上がっていたのは街道の先の、山のふもとだ。

「あれは……第一キャンプがある方向だぞ!?」

ワンダさんの言葉に、冒険者さん達がどよめく。

「第一キャンプ!?　まさかトラブルか!?」

「どうする?　偵察を送るか?」

「いや、何か起きているのは明白だ。急ぎ我々も合流するべきだろう。我々の目的は遺跡の探索なのだから、どのみちキャンプには向かわねばならん」

慎重に行動するべきだという意見と、どのみち向かうのだから急ぐべきだという意見がぶつかり合う。

「ならば私が行こう」

と偵察に立候補したのはSランクの先輩、天魔導のラミーズさんだった。

「私はロストマジックの飛行魔法が使える。馬車で進むよりは早くたどり着くだろう」

「ふむ、頼めるか?」

ワンダさんは一瞬悩んだみたいだけど、即座にラミーズさんの提案を受け入れる。

この決断の速さは、さすがSランクの危険領域で陣頭指揮をとるだけの事はあるね。

優秀な指揮官って素敵だなぁ。前世で一緒に戦った騎士団の指揮官は、僕に手柄を取られるのが嫌だからって、こちらからの提案を無視したり、部下に無茶をさせて無駄に被害を出したりしてたからなぁ。

っと、いけないいけないけない。

感心してる場合じゃないや。

「あの、僕も飛行魔法が使えるので同行しても良いですか？」

僕はこのメンバーの中じゃ新人だから、やれる事があるなら前に出ないとね。

「何だとっ!?　お前も使えるのか!?」

僕が飛行魔法を使えると告げると、ラミーズさんがギョッとした顔になる。

というか、別に飛行魔法は珍しい魔法じゃないと思うんだけど？　この国だと飛行魔法の需要が少ないのかなぁ？

「はい、それに僕の仲間のリリエラさんも飛行魔法を使えますから、援護や連絡役などのお役に立つかと思います」

僕は作戦会議を見ていたリリエラさんを呼ぶと、二人で空に浮かび上がる。

「「「おおーっ!?」」」

「な、な……私が苦労して復活させた飛行魔法をこんな若者達が使えるだとっ!?」

「どうですかワンダさん」

「う、うむ。承知した。戦闘の後で悪いが、君達にも偵察を頼もう」

ワンダさんの許可を得た事で、僕達は一足先に第一キャンプへ先行する事となったんだ。

◆

「見えた、あれがキャンプだね」

先行して空を飛んできた僕達は、山のふもとにある四角い壁で覆われたエリアに建つ沢山のテントと、ソレに群がる魔物達の姿を確認する。

「大変だ、壁の一部が壊されてる！」

僕はキャンプを守る壁の一角が破壊されている事に気付き、急ぎ向かおうとする。

「ま、待て！　お前達速すぎるぞ！」

振り返ると、ラミーズさんの姿がかなり後ろにあった。

あれ？　もしかしてラミーズさんは飛行魔法が苦手なのかな？

「すみません、キャンプが危険なので僕達は先に行きます！」

「お、おい!!」

「行こうリリエラさん！」

「ええ！」

僕達はラミーズさんが追いつくのを待たず、キャンプ地へと向かった。

「な、なんだあの速さは!?　飛行魔法の第一人者である私よりも速いだと!?」

んー？　なにかラミーズさんが飛行魔法が得意って言っていたように聞こえたけど、聞き間違いかな？

◆

キャンプ地まで来た僕達は、乱戦となった現場を目にしていた。

「急いで魔物を倒しましょう！」

リリエラさんが上空から降下して、危うく魔物に殺されそうになっていた冒険者さんを救助する。

僕もすぐに参加したいけど、まずは壊れた壁の修復が先かな。

「プロテクトストーンウォール！」

僕は石壁の魔法で、破壊された壁の代わりに新たな壁を作り出す。

破壊された壁の穴を通り抜けようとした魔物達が、地面から迫りあがった石の壁に吹き飛ばされて後方の魔物へと倒れこむ。

吹き飛ばされた魔物は怒って壁を攻撃するけれど、それはただの石壁じゃない。

付与魔法の効果によって鉄よりも堅い壁になっているんだ。

案の定、攻撃した魔物の爪の方が折れてしまった。

「よし、これで応急処置は完了だ」

けど穴の開いた壁以外も攻撃を受けているから、そっちの壁にも石壁で補強しておこう。

「更にプロテクトストーンウォール！」

キャンプ地を覆う４つの壁を全て石壁で覆った事で、魔物達はキャンプ地への侵入が不可能になった。

どの魔物も必死で壁を叩いたり爪で引っかいたりしているけれど、壁が壊れる気配はない。

寧ろ魔物達の爪の方がボロボロになっていた。

よし、後はキャンプの中に入り込んだ魔物を倒せばこの場は凌げるぞ。

「や、やっと追いついたぞ！」

これから戦いに参加しようと思ったら、ラミーズさんが到着した。

「状況は!?」

「キャンプを守る壁が破壊されていたので魔法で補修しました。後はキャンプ内の魔物を殲滅すれば、後続の皆さんが来るまで持ちこたえる事が出来ます」

そうだ、Ａランク冒険者さん達で構成されたキャンプがここまで苦戦している以上、無理に敵と戦う必要は無い。

キャンプ内の安全を確保してから後続の皆を待つのが正解だと思う。

「そんなまだるっこしい事をしている場合か。見たところかなりの数の魔物が入り込んでいる。ここは一気に殲滅するべきだ！」

そう言うとラミーズさんが呪文を唱え始める。

「炎の大河に住まう者よ。その姿、燃え溶ける岩の蛇にして血の如く滴る焔《ほむら》をもたらす意思ある炎なり。汝我が意に従い我が敵を焼き尽くせ、ラヴァスネーク!!」

ラミーズさんの前に真っ赤な溶岩が現れ、それが巨大な溶岩の大蛇へと姿を変えていく。

これは生物を模した追尾系の攻撃魔法だね。

って、この魔法だと……

「さぁラヴァスネークよ！　キャンプに侵入した魔物共を一掃しろ！」

炎の大蛇がキャンプを襲う魔物達に襲い掛かる。

「いけない！」

その魔法じゃ駄目だ！

「フロストゲイル!!」

僕は氷風の魔法でラミーズさんの魔法を相殺する。

「な、何!?　私の魔法が!?　お前今何をした!?　私の魔法はロストマジックなんだぞ!?　それをただの氷風の魔法などで相殺出来る訳が無い!?」

「そんな事よりも、今の魔法じゃキャンプまで燃やしちゃいますよ！　最悪、救うべき冒険者さん達まで巻き添えにしちゃいます！」

けれどそんな僕の提言をラミーズさんは鼻で笑う。

「そんな甘い事を言っている場合か。Ａランクの冒険者達が守るキャンプが為すすべなく攻め込まれているのだぞ！　この状況では多少の犠牲を覚悟してでも魔物を殲滅しなければ、助ける事の出来た者まで助けられなくなるぞ！　それともお前ならこの乱戦の中で冒険者達を巻き添えにせず魔物だけを攻撃出来ると言うのか!?」

「出来ます！」

「そらみろ……って、何っ!?」

断言した僕にラミーズさんが驚きの声を上げる。

「だ、だったらやってみせろ！　これだけの数の魔物を全て倒してみせろ！　やれるものならな！」

「やってみせます！」

僕はキャンプ中央の上空に位置取り、魔法を発動する。

「ヒュドラヴェノムステーク！」

放たれた魔法は幾重にも枝分かれし、まるでヒュドラの首の様に増えていく。

そして魔法の杭はキャンプ内の魔物だけを狙って襲い掛かる。

魔法の杭に貫かれた魔物達が痛みに悲鳴を上げる。

「駄目だ！　あの程度のダメージでは倒しきれん！」

そう言って、ラミーズさんが魔物に攻撃すべく呪文を唱え始める。

けれど僕はそんなラミーズさんを制止する。

「大丈夫ですよ。もう終わりましたから」

「何？」

僕の言葉を訝しんだラミーズさんだったけれど、地上の魔物達の動きがおかしくなった事で、表情を変えた。

「何だ!?　何が起きた!?」

おかしな動きを見せていた魔物達が地面に倒れてのたうち回る。

「ヒュドラヴェノムステーク、見た通りヒュドラの様に首を伸ばして敵を攻撃する魔法です。ですが効果はそれだけではなく、攻撃を受けた相手は猛毒によって死に至る付与効果付きの魔法です」

「も、猛毒!?」

「この魔法は、短期間に大増殖する災害級の魔物を即時殲滅する為に編み出された魔法です」

「短期間に大増殖する災害級の魔物？　……まさかバミヤムの都を一晩で滅ぼしたという、あの伝説の魔物インフィニティマウスか!?」

インフィニティマウス、5秒に一回産卵してとんでもない勢いで増えていくネズミ型の魔物だ。

その性質上、大量の栄養を求めるので、インフィニティマウスが発見された町は一夜で滅びると言われるくらいだ。

ちなみに比喩じゃなくてリアルに一晩で滅びる。

この魔法はそんなインフィニティマウスを殲滅する為に開発されたんだ。

5秒に一回産卵するなら、それを上回る速度で殺せばいいっていう、とってもシンプルな理論良いよね。

うん、もちろん作ったのは前々世の僕だ。

そしてインフィニティマウスが生まれたのは当時の魔法技術者の大失敗だったりする。

まったく、失敗の尻ぬぐいを他人にさせないで欲しいね。

「し、信じられん。あの伝説の魔物を討伐した魔法が実在したとは……、いやそれだけではない！

一体どれほどの精度で制御すればこの様な魔法が……それに魔力消費も凄まじい事になっている筈だ」

「ああ、制御は探査魔法の応用ですよ。これで魔物反応だけをピックアップします。そして魔力消費は効率の良い術式を組めばかなり抑える事が出来ます」

例えば空気中の魔力を消費するタイプの魔法とかだね。

「術式を組むだと!?　まさかお前は魔法の創造が出来ると言うのか!?」

術式を組むと聞いてラミーズさんが驚愕の顔を見せる。

いやいや、創造だなんて、まるで神様みたいな物言いだなぁ。

「そんな難しい魔法じゃないですよ。基本は通常の追尾魔法を……」

「ちょっ、ちょっと待っててくれ！　今メモを出す！　……よし、良いぞ！　続けてくれ！」

ラミーズさんのメモの用意が済んだみたいなので、僕は説明を再開しようとしたんだけど。

「って、そんな場合じゃないでしょ！　負傷者が居るんだから早く救助に行きなさい！　回復魔法使えるんでしょ!!」

うっかり魔法談議に没頭しかけた僕達に、戻って来たリリエラさんのカミナリが落ちた。

「「ゴメンなさい」」

いけないいけない、つい久しぶりの技術的な話に夢中になっちゃったよ。

僕達は急いで負傷者の治療へと向かう事にした。

「それにしても大した魔法だ。先ほどの戦闘といい、史上最年少でSランクになったのも納得の実力だな。ククク、これは後々が楽しみだ」

「え？」

そんな事を言ったラミーズさんの雰囲気は、先程までのキツイ空気は全くなく、むしろとても柔らかかった。

もしかして、あそこで溶岩の蛇の魔法を使ったのは、僕の力を測る為の演技だったんだろうか？

うん、ありえない話じゃない。

仮にもSランク冒険者がこの程度の数の魔物を捌けない訳が無いもんね。

成る程、ハイトロールとの戦いで油断した直後に極限状態での選択を迫る事で、相手の真価を測る作戦だったんだね。

さすがSランク冒険者、実力の見極め方もスパルタ式だ。

「よーし！　改めて気合を入れていくぞ！」

第76話　聖女と黒死の邪眼

「負傷者の選別を急げー！」

冒険者ギルドの職員さんの指示で、負傷者が一か所に運ばれていく。

キャンプ場の救援が間に合った僕達は、急ぎ追いついてきた後続の部隊と合流して負傷者の治療を行う事にしたんだ。

「負傷者の数が多すぎる！　治療を後回しに出来る軽傷者は向こうに移動させろ！　急いで治療が必要な重傷者はこちらに集めるんだ!!」

ギルドの職員さんが、テキパキと負傷者の傷の度合いを見ながら軽傷者を別の場所に移動させていく。

「よし、低級の回復魔法しか使えない者は向こうで軽傷者を、高位の回復魔法を使える者はこちらの重傷者を治療してくれ！」

これは前世の戦場でも見た事がある光景だ。

傷の度合いを調べて、高位の回復魔法を使える術者が重傷者の回復に専念出来るようにする為の処置ってやつだね。

前世や前々世でも、戦場での負傷は死活問題だったからなぁ。

ただ命に関わる重傷というだけじゃなく、傷口が永遠に塞がらない呪いや、未知の病気にかかって大変なことになる事が多かったからね。

だから高位の回復魔法の使い手は、本当に重要な存在だったんだ。

「治療急げ！　このままじゃ命に関わるぞ！」

「分かってる！　だが傷が深いんだ、治療にも時間がかかる！」

高位の回復魔法を使える僧侶達が、必死に治療に専念している。

「くっ、血を流し過ぎている、このままでは治療が間に合わん！」

高位の回復魔法の使い手でも治療に時間がかかるなんて、相当厄介な魔物がさっきの襲撃に紛れ込んでいたみたいだ。

と、そこにフォカさんがやって来る。

「聖女様、よろしくお願いします！」

「ええ、お任せください」

ギルドの職員さんによって集められた重傷者の下へとやってきたフォカさんが、先に治療をしていた僧侶と交代して治療を始める。

「ハイヒール！」

フォカさんのかざした手から温かな光が立ち上り、重傷者の体を包み込んでゆく。

「おおっ、あれだけ深かった傷がみるみる塞がってゆくぞ！」

フォカさんの周囲に居た人達が、その光景に歓声を上げる。

ここからでは見えないけれど、高位の僧侶が治療に時間をかけていたからには、相当な傷だった筈。

それをあっという間に治療したというフォカさんの回復魔法の腕は、相当なものみたいだね。

癒しの光に照らされたフォカさんの姿は神々しく、周囲の人達はひと時治療を忘れてその姿に見《み》惚《ほ》れてしまっていた。

「ああ……痛みが無くなって来た……」

身体強化魔法で視力を強化してフォカさん達の様子を見ると、青白い顔をしていた重傷者の頬にみるみる赤みが戻り、呼吸が安定してゆく。

「これで傷口は塞がりました。ですが失った血は戻りませんので、安静にして血になるモノを食べさせてあげてください」

「……はっ!?　分かりました。治療の済んだ者はすぐにテントに戻って休ませろ！」

「はっ、はい！」

フォカさんの声で我に返った僧侶とギルド職員達が、慌てて作業を再開する。

「申し訳ありません聖女様。私の腕が未熟であったばかりにお手を煩わせてしまって」

先ほどまで治療をしていた僧侶の人が、フォカさんに治療を任せてしまった事を謝罪する。

「お気になさらないでください。それに貴方が必死で治療を続けていたからこそ、私が間に合ったのですよ。良く諦めませんでしたね」

「聖女様……」

フォカさんに褒められ、僧侶の人は感動に震えていた。

「さぁ、それでは治療を再開しましょう！」

「はいっ！」

フォカさんの檄を受けて、僧侶の人は駆けるように次の患者の下へと向かって行った。

「では、次の負傷者の下に案内してください」

「はいっ！」

粛々と重傷者の治療を行うフォカさんの姿は、まさに聖女と呼ぶに相応しい凜々しさだ。

「さて、フォカさんに負けない様にこっちも治療を開始するかな」

フォカさん達が重傷者の治療を担当していたので、僕は比較的傷の軽い負傷者の治療を担当していた。

「軽傷者の中でも比較的傷が軽い者達はこれで全部だ……というか、これだけの人数を君一人で治療する気か？」

負傷している冒険者さんが不安そうに僕を見る。

まぁ確かに僕はまだ15歳だからね。

実力を疑問視されるのは仕方がない。

「大丈夫ですよ。確かに僕はまだまだ未熟者ですが、軽傷者の治療くらいなら問題なくできます。熟練の術者の皆さんには重傷の方達を治療して貰わなければいけませんしね。それに回復魔法で治療するんですから、年齢は関係ありませんよ」

「……まぁ、それもそうか」

冒険者さんも納得してくれた事だし、治療を開始するかな。

「じゃあ皆さんの治療を開始しますね。ハイディスタントヒール！」

僕は範囲回復魔法で集めた人達を纏めて治療する。

重傷者ならともかく、軽傷者なら範囲回復魔法で纏めて治療した方が楽だからね。

「おお、傷が治っていくぞ！」

「おいおい、これだけ離れている俺達の傷まで治っちまったぞ!?」

「凄いな坊主!?　ここに集めた全員の傷をもう治しちまったのかよ!?」

傷が治った冒険者さん達が興奮した様子で声を上げる。

「ただの範囲回復魔法ですよ。このくらい、それなりに慣れた回復魔法の使い手なら誰でもできますよ」

「マジかよ!?　うちのパーティの僧侶はこんな魔法使えないぞ!?」

「ウチの僧侶もだ。回復魔法は普通一人しか治療できないもんじゃないのか!?」

あれ？　なんだか冒険者さん達の反応がおかしいな。

範囲回復魔法くらい、僧侶なら基本中の基本だと思うんだけど。

「え？　何!?　どういう事!?」

そしたら向こうで重傷者さんを治療していたフォカさんが驚きの声を上げる。

フォカさんだけじゃない、他の負傷者を治療していた僧侶さん達もなにやらざわめいている。

「どうかしたんですか？」

「突然目の前の負傷者の傷が治っちゃったのよ！　まだ回復魔法を掛けていなかったのに!?」

「私もです。まるで最初から怪我などしていなかったかのように……」

「こちらもです！」

「こっちもです！」

しまった。範囲回復魔法の効果が向こうの負傷者の方にまで影響しちゃったのか。

でもそっちに居るのは重傷者や軽傷以上の負傷者だったと思うんだけど、軽傷者も交ざっていたのかな？

「多分比較的軽傷だった負傷者が、こっちの範囲回復魔法の余波で治ったんだと思います」

「範囲回復？　な、何だそれは？」

「余波って……一体どんな回復魔法を使ったの!?」

あれ？　何で皆範囲回復魔法を知らないんだろ？

戦士の人達はともかくとして、僧侶であるフォカさん達が知らない筈はないんだけど？

「一定範囲内に居る全員を治療する回復魔法です。回復力は弱まりますが、人数制限が無いので多数の軽傷者がいる場合にはこちらの方が効率的なんですよ」

「うそ……そんな回復魔法、聖都でも見たことが無いわ」

おかしいなぁ、普通初歩の回復魔法を覚えたら、範囲回復魔法もすぐに教わると思うんだけど。

「凄いわ貴方！　こんな凄い回復魔法が使えるなんて、きっととても信心深いのね！」

なんだかどこかで聞いた事のあるセリフを言ってくるフォカさん。

ああ、そういえば以前にもノルブさんが同じような事を言っていたなぁ。

「回復魔法は神への信仰心が篤い程強力な魔法が使える様になる。貴方はその若さで高司祭にも負けない程の信仰心を持っているのね」

あー、フォカさんもそういう風に教えられた僧侶なのか。

元々回復魔法は特別な力でも何でもないんだけど、一部の僧侶達が、傷を癒す回復魔法は神から与えられた神聖な力とか言い出したから、前世でも同じように思っている人が結構いたんだよなぁ。

「この依頼が終わったら是非聖都に行って洗礼しましょう！　私が直接司祭様に貴方を紹介するわ！」

受け入れると面倒事に関わるのは間違いないし、回復魔法の理論を説明しても睨まれるだろうから、ここは適当に流しておこう。

「僕みたいな子供の信仰心なんて大したことないですよ。それよりも僕はまだ治療してない負傷者が居ないか見回ってきますね」

「あっ、ちょっと待って！」

「フォカさんは重傷者の治療がんばってくださいねー」

「え？　あっ！　そうだったわ。次の患者さんを連れてきて」

という訳でさっさと逃げよう。

とりあえず、フォカさんが患者を放っておいて信仰とかなんとかに熱中する人でなくて良かったよ。

◆

「一体どこに行ってしまったのかしら？」

私はフォカ、神に仕える僧侶です。

巷ではSランク冒険者となった私を聖女と呼ぶ人達もいますが、私はごく普通の僧侶です。

私が冒険者になったのも、聖都での権力争いに明け暮れる司祭達を見限り、自分の手と足で人々を救おうと決意したからです。

そんな私は、この地にてとても素晴らしい男の子に出会いました。

その子はまだ年若いのに、私と同じ最高峰の冒険者である事を示すSランクの冒険者でした。

さらにその子は世界中の僧侶達が集まって修業する聖都でも見たことの無い様な、広範囲の人々を治療する不思議な回復魔法を操る少年でした。

自画自賛する訳ではありませんが、私も相当に修業を積んできた身、そんな私でも見たことの無い回復魔法の存在には本当に驚かされたのです。

何故なら回復魔法とは、神より与えられた癒しの光を傷ついた者に捧げる事で治療する奇跡だからです。

つまり治癒魔法を使うものの手から、直接傷口に癒しの光を当てる必要があるのです。

だというのに、あの少年は治癒の光を傷口に当てる事無く治療を行ったのです。

本人は軽傷だから治せたと言いましたが、長年負傷者の傷を見て来た私が重傷だと判断した傷まであっという間に治してしまったのです。

この出会いに私は歓喜しました。

これほどの癒しの奇跡は私の人生において初めての出会いだからです。

この子はきっと神に愛された子なのだと私は確信しました。

そしてこの子もまた神を深く敬愛しているのだと。

でなければこれ程の奇跡を行使できる筈がありませんから。

　結局あのあと残りの負傷者の治療をしようとしたものの、既に他の負傷者も全員あの子の離れた場所に居る人間を治療する回復魔法で傷が治っていたの。

　その事を確認した私は、さっそくあの子を洗礼に誘おうとしたのだけれど、その姿はどこにも見つからなかったわ。

「もしかして迷子になっているのかしら？」

　ちょっと心配ね。

　周囲では同行してきた冒険者やギルドの職員が、壊されたキャンプ設備や荒らされた備品のチェックを行っていて、あの子がどこに居るのか知っている人は居なそうね。

　キャンプを守る壁の上には、近づく魔物を牽制する冒険者や探査魔法で魔物の群れが接近してこないか警戒する術者がいるから、外に抜け出したりは出来なそうなのは良かったわ。

　数時間前に魔物の大規模襲撃があったから、皆真剣そのものね。

　そして私達Sランクチームを引き連れてやって来たギルドの幹部であるワンダさん達は、討伐された魔物の検分をしているみたい。

「これまでの報告になかった魔物が居るな」

「新種か？」

「いや、ギルドの資料にある魔物だが、これまで鉱山の内外では発見されたことの無い魔物だ。おそらくは洞窟内の未探査の区画か、例の遺跡に生息していた魔物だろう」

彼等は魔物の種類から、遺跡と洞窟の謎を解き明かそうと議論を重ねている。

遭遇する魔物の種類が分かれば、それだけ対策も出来て皆の危険が減る訳だから、彼らも真剣ね。

「洞窟から出て来た魔物がどれだけ鉱山の中を徘徊しているか気になるな」

「入り組んだ坑道に迷い込んでいた魔物が後ろから襲ってきたらたまらんからな。偵察部隊の報告次第では、まず鉱山内の魔物の殲滅を第一に考えた方が良いだろう」

真面目にお仕事しているし、邪魔しちゃ悪いわね。

そうして私は再びレクス君を捜すべくキャンプの中を歩いていたのだけれど、不意に私を呼ぶ声が聞こえた。

「聖女様ー！」

「はい、何かしら？」

正直言って、この聖女という呼び名は恥ずかしいから止めて欲しいのだけれど……

「大変です！　偵察部隊がヘルバジリスクの黒死の邪眼の被害に遭いました！」

「ヘルバジリスクですって!?」

聞いた事があるわ。

ヘルバジリスクと言えば、Sランクの危険な魔物じゃない!?

確かバジリスクの上位種で、曰く、通常のバジリスクと違いその体は闇のように黒く、その瞳からは石化の邪眼ならぬ黒死の邪眼と呼ばれる特殊な邪視で攻撃してくる魔物だと。

そして、その黒死の邪眼にかかった者は一切の治療を受け付けない最悪の呪いだとも。

「他の僧侶達の解呪魔法では歯が立たず、どうか聖女様のお力をお貸しいただけませんか？」

「分かりました」

そういう事なら手を貸さなければいけませんね。

元々私が冒険者になったのも、どこかで誰かが助けを求めた時にすぐに手を差し伸べられる様にと考えたからなのですから。

「案内します」

私はギルドの方に案内され、件の患者の下へとやって来ました。

患者さんの傍には何人もの僧侶が居たけれど、皆治療に失敗した事で俯いていました。

「聖女様だ！」

「聖女様ならなんとかしてくださる筈！」

皆が私の到着に期待の眼差しを向ける。

正直私もヘルバジリスクの呪いの解呪なんて初めてなんですけれどね。

「聖女様、こちらです」

私は内心の不安を呑み込み、患者に向き直る。

「こ、これは……!?」

呪いに侵された患者を診た私は、その異様な姿に思わず声を上げてしまう。

地面に横たわっていた患者の体は、その半身が黒く染まっていたのだから。

「これが……ヘルバジリスクの黒死の呪い」

噂では、ヘルバジリスクの呪いにかかった者は全身が闇に染まって死ぬと言われている。

という事はまだ黒く染まっていない部分が全部黒くなった時が刻限という事ね。

「ともかく、解呪の祈りを捧げてみます」

私は患者の前に跪き、解呪の祈りを捧げる。

けれど、どれだけ祈りの光を灯そうとも、目の前の患者の肌は元の色を取り戻そうとはしなかった。

それどころか、益々《ますます》体が黒く染まっていくばかりだった。

「まさか聖女様でも駄目なのか!?」

私の解呪の魔法が効果を成さず、周囲で見ていた人達がざわめく。

「こうなれば、私の知る全ての治癒呪文を試してみます」

もしかしたら、黒死の邪眼は呪いではないかもしれない。

過去にも思い込みで誤った治療を続けた事が原因で症状が進行して重篤化した患者や、最悪治療が間に合わずに死んでしまった人達を見た事がある。

私はそんな経験から、これが呪いでない可能性を考慮して様々な治療をほどこしてみた。

麻痺治療、病癒し、毒消しなど様々な治癒魔法を患者にかけていく。

けれどどんな魔法を唱えても、負傷者の肌が元に戻る気配はなかった。

「そ、そんな……」

万策尽きた私は、他の僧侶達と同じように治療の手を止めてしまう。

「そんな、聖女様でも治療できないなんて……」

「もしかしてこの依頼、かなりやばいんじゃないか？」

「バカ、そんなの最初からわかってただろ」

周囲の人達の空気が不安と恐怖に包まれていく。

恐らくこの中で最も治癒の力が優れた私でも治療できないとあれば、皆が動揺するのも無理からぬことね。

「ぐううっ！」

その時、目の前の患者がひと際大きく苦しみだした。

「いけない、もう限界なんだわ！」

見れば患者の肌は殆どが黒く染まっている。

これ以上はもう患者が保たない。

「クソッ！　駄目なのかよ！」

もうどうにもならないと皆の心が絶望に包まれた、その時だった。

「あれ？　どうしたんですか？」

そこに現れたのは、先程の少年レクス君だったの。

「あれ？　この人……」

レクス君が患者の黒く染まった肌を覗き込む。

……っ！　いけない！　こんな少年に残酷な光景を見せてはいけないわ！

「駄目よレクス君！　すぐにここから離れて！」

「ヘルバジリスクの黒死の邪眼ですね。早く治さないと、エルダーヒール！」

ふとそんな事を言ったレクス君の手のひらから、信じられない位神々しい光が生まれる。

そして光は患者の体を包むと、瞬く間にその身を侵食していた黒い呪いを消し去ってしまった。

「…………え？」

あれ？　今、呪いが、消えた様な……

私は、もう一度患者を診る。

私だけじゃなく、周囲の皆も患者を凝視している。

うん、肌の色は戻っているわね。

黒くない。

呼吸も落ち着いている。

「「「……えええっっっっっ!?」」」

ちょ、ちょっと待って!?

どういう事!?　たしか今この患者は死ぬ直前だったわよね!?

「ど、どどどういう事!?　どうやって治したの!?」

信じられない光景を見た私達は、居てもたってもいられずレクス君に質問する。

「え？　普通に複合回復魔法で治療したんですけど？」

ふくごうかいふくまほう？　なにそれ？

「ヘルバジリスクの黒死の邪眼は、複数の状態異常を同時に発生させるものなんですよ。呪い、毒、麻痺といった具合に。しかもこの効果は一つだけを治療してもすぐに元に戻ってしまうんです。だから同時に全部治療する必要があるんですよ」

「あるんですよって、そんな簡単に……」

「ヘルバジリスクの黒死の邪眼って治療出来たのか……」

「はい、複数の状態異常だという事が分からなかった昔は大勢の死者が出たそうですが、今は複合回復魔法で容易に治療する事が出来る様になりました」

「まってまって!?　私そんな回復魔法知らないし、全然容易じゃないと思うの!?」

そもそも何で貴方はそんな事を知っているの!?

私はたまたま近くでこちらの騒動を見ていた、私と同じSランク冒険者で天魔導と呼ばれる魔法使いのラミーズを見る。

彼はただ強力な魔法使いというだけでなく、多くの遺跡を巡り古の魔法を蘇らせる学者でもあるから、もしかしたら複合回復魔法という魔法についてもなにか知っているかもしれない。

けれど彼は首と手を横に振って、初めて聞いたというジェスチャーを返してきた。

つまりこの子は、彼ですら知らない事を知っていると言うの？

「なぁ、その複合回復魔法というのがあれば、もうヘルバジリスクの邪眼を恐れる心配はないんだな？」

他の冒険者達が興奮した様子でレクス君に話しかける。

「ええ、でも複数人の術者が同時に複数種類の回復魔法を唱えても治療は可能ですよ」

「「「おおーっ!!」」」

「本当かね!?　よし、治癒魔法の使い手がどの回復魔法を使えるか直ぐにリストを作れ！　そして全種類の回復魔法の使い手を最低二人はキャンプに待機させろ！」

「分かりました！」

レクス君の説明を聞いたワンダさん達がすぐに動き出す。

でも私はそれどころじゃなかった。

レクス君のこの卓越した回復魔法の技量、魔物のもたらす病や呪いに対する見識の深さは只者ではないわ！

この子はきっと……きっと！

「貴方こそ癒しを司る神子《しんし》よ！　レクス君！」

そう、この子は癒しの神が遣わした癒しの神子に違いないのだから！

「え？　ええ？」

「素晴らしいわ！　世が乱れた時に神が遣わすと言われる神子に出会う事が出来るなんて！」

私は感動のあまり思わずレクス君を抱きしめてしまう。

人から聖女とおだてられた私なんかとは全く違う、本物の神に選ばれた子に違いないわ！

「むぶっ!?」

「やっぱり貴方は聖都で洗礼を受けるべきよ！」

「もがっ!?　むがっ!?」

興奮した私は我知らずレクス君を抱きしめる腕に力を込めてしまう。

「あ、あのガキ！　聖女様の胸に埋もれてなんて羨ましい！」

「クソ！　俺が代わりたいくらいだぜ！」

「いやでも、あのガキ痙攣《けいれん》してないか？」

「もぱぁっ！」

そしたらレクス君が、抱きしめていた私の腕を凄い力で引きはがして離れてしまった。

いけない、ちょっと馴れ馴れしかったわね。反省しなきゃ。

「ぜぇっぜぇ！　死、死ぬかと思った……」

「ごめんなさいねぇ。つい興奮しちゃって。それでね、是非とも一緒に聖都に行って欲しいの。神子である貴方が洗礼に向かえば、神もお喜びになると思うのよ」

「ええと……お断りします」

「ええ!?　何で!?」

そんな、聖都で洗礼なんて、信者ならだれでも憧れる筈なのに。

「そもそも、その神子っていうのはなんなんですか？」

あらいけない。

そうよね、まずはその説明からしないと。

「ええとね、神子っていうのは、神が遣わしたとても神聖な子の事なの。世の中が大変な事になった時、凄い活躍で民を救ってくれるのよ。誰にも使えない様な、文字通り奇跡みたいな回復魔法を使ったり、不可能を可能にしたりする凄い人の事なの」

「えーっと、僕は普通に出来る事をしただけですよ。先程も言いましたが、ヘルバジリスクの邪眼の治療は複合回復魔法さえ使えれば誰にでも出来ますから」

え？　そうだったかしら？

「それに、複合回復魔法が使えなくても、複数の回復魔法を皆で分担すれば誰にでも出来ます。誰にでも出来る事をしても神子とは言えないでしょう？」

「そ、そう言われると……そうなのかしら？」

「そうですよ」

言われてみるとそんな気も……

複合回復魔法は凄いけれど、確かに複数の僧侶達で分担して治療が可能なら神子の偉業とは言えない……のかしら？

「うーん……」

そ、そうよね。

そう簡単に伝説の神子が居る訳ないわよ……ね？

「伝説に語られる、戦場で傷ついた全ての兵を敵味方問わずに救える様な超広範囲回復魔法を使えたり、誰にも治せなかった魔毒を治療する方法をあっさりと発見したりできる人なんてそうそういないわよね」

「そうそう、じゃあ僕はそういう事で」

そう言ってレクス君はどこかに行ってしまったわ。

私の勘違いで驚かせて悪い事をしちゃったわね。

「……あの、聖女様」

近くに居た僧侶がおずおずと私に話しかけて来る。

「何かしら？」

「彼、さっきの範囲回復魔法でしたっけ？　あれで小さな村ほどあるキャンプの負傷者を全員治療したんですけど」

ん？

「それもかなりの重傷も治ってましたよ」

んん？

「あと、ヘルバジリスクの黒死の邪眼も、誰にも治療出来なかった魔毒の一種に分類されると思うんですけど。あと誰にでも治療できるように治療法を教えてくれた事も素晴らしく高潔な行いなのでは？」

……んんん？

「「それって、聖女様の言う神子そのものじゃないんですか？」」

「……」

「聖女様？」

「や、やっぱり神子なんじゃなーい！　ちょっとー！　どこ行ったのーレクスくーん!?」

しまったー！　誰にでも治療できるからって口車にひっかかっちゃったわー！

もー！　絶対あの子を聖都に連れて行って洗礼させちゃうんだから！

第77話　導く者、湧き出るモノ

「よし、行くぞ！」

到着早々襲撃されたキャンプの治安が安定した事で、僕達はようやく鉱山へ入る事にした。

さっきまで、僕は神子だから聖都で洗礼を受けるべきだーっ！　ってフォカさんにおっかけまわされていたから、ようやく落ち着いて行動できるよ。

「当初の予定通り、Aランクの冒険者チームが先行し、鉱山内の魔物を討伐して安全を確保している。俺達は鉱山の奥から繋がっている洞窟に入り、遺跡付近にある比較的大きな空洞に第二キャンプを設立する。キャンプ設置班は戦闘に参加せずに魔力と体力を温存しておけ」

ここからは今まで以上に危険な為、ギルドの職員さん達からリソウさんがリーダーに任命され、皆を指示する事になっている。

「「了解!!」」

僕達が鉱山の中に入ると、途中に見える枝道の入り口に複数の冒険者さん達の姿が見えた。

彼らは万が一にも討伐洩れした魔物が僕達を襲わない様に護衛するのが役割との事。

正直護衛される立場っていうのはむず痒いね。

「それにしても、意外に明るいなぁ」

鉱山内の壁はところどころに灯りの魔法やランタンが付けられているので、薄暗いものの進むのに不自由はない。

灯りは多めに用意されている。多分だけど魔物が隠れる場所をなくす為なのかもしれないね。

時折剣戟《けんげき》の音や魔法の炸裂する音が聞こえるのは、先行した冒険者さん達が鉱山内に生息する魔物達と戦っているからだろう。

先行した冒険者さん達が道を確保してくれていたからか、僕達は魔物に遭遇する事無く鉱山の奥へと進んで行った。

そしてしばらく進むと、鉱山の様子が変わってくる。

少しずつ道が歪《いびつ》になってきたと感じるのは、おそらく遺跡に繋がる洞窟と坑道が繋がったあたりだからだろう。

「そろそろ洞窟内部に入るぞ。洞窟内は枝道が多く、過去の調査でもその全容は不明だ。はぐれない様に気を付けろよ」

「「了解！」」

リソウさんから注意を受けて、皆が気を引き締める。

よーっし、ここからが本番だね！

◆

洞窟に入ると、先行していた冒険者さん達が用意してくれていた灯りが無くなり、僕達は装備していた武器や盾に灯りの魔法を付ける。

松明を使わないのは、急な落盤に遭遇した際に空気が無くなるのと、松明で手が塞がるのを防ぐ為だね。

ここから先はどんな危険な魔物がいるかわからない。

戦闘の妨げになるものを持つ余裕は誰にもない。

「だいぶ空気が冷たいな。もしかしたら近くに水脈があるかもしれない」

先行する盗賊さんの一人がそんな事を口にする。

「分かるのか？」

「ああ、鉱山内よりも肌寒さを感じる。何か冷気を発するものが近くにある証拠だ。以前にも大きな洞窟を探索した際に似たような経験をしたことがあってな、その時に大きな水脈に出くわしたんだ。間違って地下水脈に落ちない様に気を付けろ。流れが速い水脈に落ちたら寒さと暗さと狭さで、まず助からないぞ」

さすが歴戦の冒険者、洞窟内の温度だけでそこまで分かるんだ。

まさに経験こそが最大の武器ってヤツだね。

「よし、灯りを増やして周囲を警戒。穴や絶壁に注意しろ」

「「「おうっ！」」」

魔法使いさん達が浮遊する灯りの魔法を唱え、周囲を照らす。

そして警戒をしながらしばらく進んで行くと、頬を冷たい風が撫でた。

「見ろ、こっちは断崖になっている。魔法の灯りが届かないから深いぞ。それに耳を澄ますとゴウゴウと音が聞こえる。おそらくこの下に地下水脈が走っている」

盗賊さんが言っていた通り、洞窟の底には本当に地下水脈が走っていたみたいだ。

「あまり近づくな、崩れて落ちる危険があるからな」

「分かった」

僕達は少し隊列を細くすると、再び移動を開始する。

「それにしても魔物が出ませんね」

「そうだな、キャンプ地を襲った魔物の多さを考えると、不自然なほど出てこないな」

「キャンプを襲った魔物達が、洞窟内に居た魔物の大半だったんじゃないのか？」

と、他の冒険者さん達が楽観的な意見を口にする。

「その可能性は否定できん。だが鉱山内にヘルバジリスクの様な危険な魔物が居た以上、洞窟の奥にも同レベルの危険な魔物が居るのは間違いないだろう。第二キャンプを完成させるまで気を抜くなよ」

「分かってますよ」

軽口を叩きながら、皆油断なく周囲を見回していて、僕も探査魔法で魔物の反応を探っている。

洞窟内に魔物の反応を感じるけれど、幸いその反応は僕達の居る場所よりも低い位置にある。

恐らくこの洞窟は横だけでなく下にも延びているんだと思う。

これならすぐに襲われる心配はなさそうだね。

そして洞窟の幅が少しずつ広がっていき、やがて開けた空間へとたどり着いた。

「ここが資料にあった場所だな。よし、このあたりにキャンプを立てるぞ」

リソウさんの号令を受けて、魔法使いさん達が魔法で壁を立て始める。

「居住性よりも強度を重視しろ！　壁はできうる限り厚くするんだ！」

「「了解！」」

キャンプを守る為の壁作りが始まり、次々に周囲が壁に覆われ始める。

「とりあえず壁が完成すれば一安心だな」

「ああ、そうだな」

瞬く間に壁が完成していく光景に、先輩冒険者さん達が安堵の息を吐く。

「こらこら、まだ完成してないんだから気を抜くなよ？　こういう時が一番危険なんだからな」

と、Sランクの先輩であるロディさんが弛緩した空気を引き締める。

「す、すみません」

さすがにSランクの言葉は説得力があるらしく、先輩冒険者さん達が慌てて姿勢を正す。

そしてロディさんの警告が正しかったと言わんばかりに、探査魔法が魔物の存在を伝えて来る。

「魔物の反応です！　僕達が来た方向の地下から登ってきます！」

「地下だって!?」

「おそらくはさっきの断崖を登って来たんだと思います！　数もかなり多いです！」

しまったな、空間が繋がっているんだからそこを通ってやって来る可能性を考慮するべきだった。

「総員戦闘準備！　設営部隊は壁の設置を最優先にしろ！　皆、壁が出来ていないスキマを抜けられない様に注意しろ！」

「「「おうっ！」」」

指示を受けて冒険者さん達が隊列を組み始める。

厳しい訓練を受けた騎士団程ではないけれど、事前に隊列や戦術の指導があったので、皆瞬く間に戦闘準備を完了した。

「そうだ少年、良い機会だからどちらが多く魔物を倒せるか勝負しないか？」

僕の横に来たロディさんがそんな事を提案してくる。

「またですか？」

まったく、この人はブレないなぁ。

「っていうか、僕達は遺跡に到着するまで戦わずに戦力を温存するのが仕事なんじゃないですか？」

ここで僕達が戦ったら本末転倒になると思うんだけどなぁ。

「なぁに、どうせ第二キャンプで準備を兼ねた休憩をするんだ。それにずっと守られてばかりじゃ体が鈍《なま》るってもんだろう？」

まぁ言わんとする事は理解出来るよ。

確かに守られてばかりだとすることが無くて手持無沙汰だったからね。

「まぁ軽いウォーミングアップだって。ああそうだ、他のチームも誘おうじゃないか。おーいお前達！　誰が魔物を一番多く討伐するか勝負しないか？　参加はチームでも個人でもかまわん。一口金貨10枚でどうだ！」

思いついたら即行動と言わんばかりに、ロディさんは周囲の冒険者さん達に声をかけてゆく。

それにしても、金貨10枚とは豪勢な勝負だなぁ。

「ほう、面白いな。チームだと討伐数で有利だが賞金は山分け、逆に個人だとキツいがその分報酬は独り占めって訳か」

ロディさんの話を聞いた冒険者さん達が、面白そうだと話に加わって来る。

「いいぜ、俺は個人で参加するぞ」

「俺達はチームで参加するぜ」

依頼を受けている最中なのに不謹慎だと、他の冒険者さん達から怒られるんじゃないかと思ったんだけれど、意外にも賭けに参加する人は多かった。

もしかしたらこの余裕こそが皆をAランク冒険者たらしめているのかもしれないね。

「さぁ少年、君はどうする？」

うーん、どうしようかな？

「レクスさんレクスさん！　私達もチームで受けましょ！」

と、リリエラさんがやる気に満ちた顔で僕の下へやってくる。

「え？　リリエラさんも参加するんですか？」

「だってどうせ参加しなくても魔物が襲ってくるんだもの。だったら少しでもお金を稼げる方がやる気になるってものでしょ？」

それは分からないでもないけど、良いのかなぁ？

「それに、こういう騒ぎに参加しておいた方が、顔見せになるしね。特に私はAランクに昇格したばかりだから」

ああ成る程、確かに言われてみればそうかもしれないね。

そうなると僕も参加しておいた方が良さそうだな。

「分かりました。そういう事なら一緒に参加しましょう！　僕も冒険者になって日が浅いから、他の冒険者さん達とはあまり交流がありませんしね！　これを機に皆さんに顔を覚えて貰います！」

「いや、レクスさんはもう十分すぎるくらい顔を覚えられてると思うわよ……」

うん、どのみち魔物達は襲ってくるんだから、倒さないといけない事には変わりない。

リリエラさんの考えも理に適っているし、だったら受けない理由も無いか。

勝てば丸儲けだしね。

「ロディさん、僕達も参加します！」

「そうこなくっちゃな！　よし、賭けは成立だ！」

「「「おぉー！」」」

冒険者さん達がテンションの高い雄叫びを上げる。

意外にもロディさんの賭けが皆の士気を上げる結果になったみたいだね。

「まったく仕方のない奴だな」

と双大牙のリソウさんが呆れたように肩をすくめる。

「おい晴嵐の！　あまりはしゃぐなよ！」

「分かっているさ。まずは本番前の景気づけだ！」

ロディさんの軽口にリソウさんが溜息を吐いていると、さっそく闇の中から魔物達の近づく音が聞こえてくる。

「「来たぞっ！！！」」

ロディさんとリソウさんが即座に意識を切り替えて戦闘態勢に入る。

そして闇の中から大量の魔物達が姿を現した。

◆

「これは!?」

それは洞窟の床を埋め尽くさんばかりの白い魔物の群れだった。

「うわっ、すごい数だな」

魔物は二本足で歩くトカゲの様な姿で、大きさは30センチメートルほどと小さい。

けれどこの凄まじい数は見ただけで本能的な危険を感じさせる。

「気を付けろ！　アントラプターだ！　名前の通りアリの様に大群で襲ってくる魔物だ！」

さっきの盗賊の人が魔物の名前を告げて皆に注意を呼び掛ける。

これがアントラプターか。僕も実物を見るのは初めてだな。

「クソ、Sランクが参加する依頼だって聞いたから、ヤバい奴が出たら連中に任せられると思って安心して受けたのに、いきなり命の危険じゃねぇか！」

「俺達は探索特化だから戦闘はなぁ……やっぱりこの依頼断れば良かったか？」

「今更遅ぇよ！」

と、近くに居た冒険者さん達がボヤいている。

どうやら今回の探索依頼では、戦闘以外に各々の特化した技能を期待して募集されていたみたいだね。

聖女と呼ばれる回復魔法の使い手であるフォカさんがいるように、あの人達は探索が専門なんだね。

「来るぞ！」

リソウさんの声に皆が我に返ると、アントラプターと呼ばれた魔物がまるで雪崩の様に僕達に襲い掛かって来る。

「ファイヤーボール！」

「ウインドカッター！」

「フリーズボール！」

即座に魔法使いさん達が範囲型の攻撃魔法で迎撃を始める。

アントラプターはとにかく数が多く、それこそ狙わなくてもどれかに当たる程だった。

けれどアントラプターの援軍は次から次へと暗闇の中から現れ、減るどころか増える一方だ。

「このトカゲ野郎が！」

皆が武器を振り上げ、接近してきたアントラプターに攻撃を加える。

速さに自信のある人や、短剣の様な取り回しの良い武器を持つ人は上手く立ちまわっているけれど、大剣や斧を武器にする人はアントラプターの体の小ささとすばしっこさの所為でとどめを刺せないでいた。

そして傷を負わせた個体を倒しきれないうちに新手が襲ってきて、次々に人に群がっていく。

「ぐぁっ!?」

「クソッ、離れろ！」

「痛てぇ！　嚙みつくんじゃねぇ！」

いけない、援護に回らないと！

僕は急いで群がっているアントラプターを切り裂き、襲われていた人を救出する。

「す、すまねぇ」

「回復します、ヒール！」

幸い襲ってきたアントラプターが小柄だったおかげでダメージ自体は少なかったのか、治療はすぐに終わる。

しかしまずいね、この数を一気になんとかしたいけれど、ここまで乱戦になったら下手な範囲魔法は味方を傷つけてしまう。

ここはひとつ眠りの魔法あたりで敵味方問わずに眠らせた方が良いかな?

そう思った時だった。

「ロックソーン!!」

周囲を走り回っていたアントラプター達の足を、地面から生えた石棘《いしとげ》が貫いていく。

アントラプター達が痛みに悲鳴を上げながら地面に倒れる。

石棘は次々と地面に生え、走りまわっていたアントラプター達の足を傷つけてゆく。

「石棘を踏まない様に気をつけて！」

それはロディさん率いるチームサイクロンの魔法使い、チェーンさんの魔法だった。

「皆落ち着くんだ！」

アントラプター達が石棘に怯んで動きが鈍った隙に、ロディさんが声を上げる。

「アントラプターは一体ずつなら恐れるような相手じゃない！　魔法使いは攻撃魔法よりも相手の動きを阻害する魔法を使え！　そうすれば！」

そう言ってロディさんは石棘で足を怪我したアントラプターを切り裂く。

「このように止めを刺すのも容易になり、前の奴等が動けなくなれば後ろの連中も味方が邪魔で前に出てこられなくなる！　前衛は足を封じられて遅くなった敵を最優先して攻撃しろ！」

「わ、分かった！　アースバインド！」

「ならこれだ、プラントロック！」

「突出するな！　仲間同士で背中を守りながら戦え！」

このまま個別に戦っていてはジリ貧だと判断した冒険者さん達は、すぐにロディさんの指揮に従って戦い方を変える。

お陰で少しずつだけど、確実に敵の数が減り始めた。

「凄いやロディさん！」

まるで長年このメンツを率いてきたみたいにスムーズな指揮の仕方だ。

前世の僕はどちらかというと単独での行動が多かったから、大勢の仲間と一緒に戦うってあんまり得意じゃないんだよね。

下手な攻撃は巻き込んじゃうし。

「さすがは晴嵐のロディだな。人を率いる事に慣れているとは思わないか？」

と、リソウさんが声をかけて来る。

「ええ、僕もそう思いました」

今も皆に指示を出しながら器用に戦っている。

本当に、人を率いる事に慣れているみたいだ。

「噂では、ヤツはとある国に仕える騎士だったという話だ。将軍だったとも言われているがな」

「ええっ!?　ロディさんって騎士だったんですか!?」

まさかロディさんが騎士だったなんて！

「ははは、あくまで噂だ。ただ、ヤツは驚くほど人の輪に入っていくのが得意だ。そして気が付けば皆に気に入られて集団の真ん中に居る。そしてアイツは乱戦になった際の判断能力が特に高い。味方に適切な指示を出しながら自分も臆することなく前に出る。だからパーティを組んでいない連中もロディを信用して指示に従うんだ。その姿はまさに戦場をかき回す嵐だよ」

確かに、半ばパニックに陥っていた状況を一瞬で収めた手腕は、それが事実なんじゃないかと思える。

「成る程、だからロディさんの二つ名は晴嵐なんですね！」

「そう、普段はお日様みたいに人の輪の中心に居るが、いざ戦いとなったらこの通りだ。少々お調子者なのが玉に瑕だがな」

あはは、さっきの賭けの事かな？

「曲者ぞろいのSランクの中にあってヤツ個人の実力はAランクの上といわれているが、それはヤツの力の全てじゃない。ヤツの真価は仲間と共に戦う時にあるのさ」

今もロディさんは、死角から仲間を攻撃しようとしていたアントラプターを倒して味方を援護している。

自分が前に出て戦う事に執着せず、状況に応じて自分の立ち位置を器用に変化させながら戦況を変える。

それがロディさんの強みだとリソウさんは言いたいんだね。

「まぁ、その有能さが原因で、アイツの活躍を妬んだ同僚に国を追い出されたという噂だがな」

うわー、そういうのは何百年経っても変わらないんだね。

前世でも嫌って言う程見て来た話だよ。

「ポーションを惜しむな！　魔力が切れたらマナポーションですぐ回復しろ！　アントラプターは

数が多いぞ！」

そうこうしている間にも、ロディさんは味方を指揮しながらアントラプターの群れを迎撃していく。

「キャンプの壁が完成する！　急いで中に入れ！」

後方から壁の完成を伝える声を聞いた僕達は、急いでキャンプの中へと逃げ込む。

後ろから攻撃されるけど、多少の傷はだれも気にしない。

怪我をしたら後で治療すれば良いし、そもそもAランクの冒険者なら防具も相応の品を買っている。

プロは装備にもお金をかけているからより長く生き残れるんだね。

僕達ももっと良い装備を用意しないとなぁ。

そして最後の一人が逃げ込むと、設置部隊の魔法使いさん達が石壁の魔法を唱えて、わずかに残されていた隙間を閉じた。

後は入り口が閉じる前に入り込んだ数体のアントラプター達を始末して、ようやく僕達は一息つく。

「とりあえずこの壁があれば連中も入ってこられないだろ」

ロディさんの宣言に皆が安堵の息を吐く。

流石ロディさん。Sランク冒険者の名は伊達じゃない。

魔法の達人であるラミーズさん、回復魔法のフォカさん、そして指揮能力のロディさんか。

となると、リソウさんはどんな特技を持っているんだろう？

などと、一時の勝利に浸っていた僕達だったけれど、現実はそんなに甘くないと思い知らされるのはこのすぐ後の事だった。

◆

「ロディさんこっちです！」

「早く早く！」

先にキャンプの中に逃げ込んでいた連中が、殿を務めていた俺達も早く入れと声を上げる。

「よし！　全員入った！　すぐに隙間を埋めろ！」

「了解！　ロックウォール！」

仲間達と共に防壁の中に逃げ込んだ俺だったが、そこで落ち着いて座り込んだりはせず、すぐさま防壁の上に登って外の様子を確認した。

鉱山前の第一キャンプの壁が魔物に破壊された事を踏まえて、第二キャンプの壁をかなり厚くしていた事が幸いした。

おかげで第二キャンプの壁の上は簡素な城壁や物見台として利用できるほどのスペースを確保で

きた。

「これは……マズイな」

だが、今はその利便性が仇となって俺に絶望的な光景を見せている。

防壁が完成した事で一旦は危険を逃れた。

そして後はアントラプター達が諦めるか、諦めなくても防壁の上から時間をかけて攻撃を続ければいずれは勝てる。

そう考えていたんだが……

「まさかこんな手段で中に入ろうとしてくるとは……」

どれだけ飛び跳ねようとも壁を越えられないと気付いたアントラプター達は、なんと仲間の体を踏み台にして壁を登り始めやがったんだ。

「不味いな、これじゃあ自分から檻の中に入ったようなものじゃないか」

どうする？　せっかく助かったと思った彼等になんと言えば良い!?

一対一での実力はこちらの方が上だ。

普通に戦えば十分勝てる相手だ。

だが、この数は無理だ。

これはもう戦術や鼓舞でどうにかなる問題じゃない。

名前の通り虫の大群を見ている光景だ。

もっとも、サイズも危険性も段違いなアリだが。

今もアントラプター達は数を増やしており、どんどん壁を登って来る。

このままではあと数分持たずに防壁を突破してくるか。

第一キャンプが破壊された事で、壁の厚さだけでなく、高さも上げておいたのが不幸中の幸いだな。

「ロディ、外の様子はどう？」

魔法使いのチェーンがマナポーションを不味そうに飲みながら聞いてくる。

剣士のマーチャは神官のアルモの治療を受けている最中か。

「ああ、ちょっと不味いな」

気心知れた仲間であるチェーンに嘘をついてもすぐにばれる。

というか意外にコイツが一番そういう機微に敏い。

まぁ察しても口に出す事は少ないんだが。

「……そう」

俺の口調から状況は良くないと察したんだろう。チェーンの顔が険しくなる。

「リソウとラミーズにフォカ、それに……少年も呼んでくれ。急いでほしい」

「分かった」

チェーンが急いで、しかし周囲に察されない様に小走りでリソウ達を呼びに行く。

そしてすぐにリソウ達はやって来た。だがフォカの姿が無い。

「フォカは？」

「負傷者の治療をしている。それがアイツの本業だからな」

そう言ってリソウが壁の上に登って来る。

「成る程、これは最悪だ」

チェーンに呼ばれた時から予想していたんだろう、リソウは意外にも冷静な反応だった。

「さすがにこの数は私の魔法でもキツイな。まぁ、いざとなったら飛行魔法で逃げるが」

堂々と自分だけ逃げると言い放つラミーズに思わず笑ってしまう。

それだけこのふてぶてしい男も危機感を募らせている訳だ。

……まさか本当に逃げたりしないよな？

「うわー、凄い数ですね」

少年はまだこの状況を理解していないのか、単純に魔物の数に驚いていた。

いや、わざわざ絶望的な現実を教える必要も無いか。

「さて、この状況をひっくり返す良い手段は無いかな諸君？」

「そうさな、魔法使いに頼んでこの壁にフタをして貰ってはどうだ？」

バカみたいに単純な意見だが、割とアリかもしれないな。

「いや、そんな事をしたら酸欠で死ぬぞ。そもそもこの広さをカバーできる天井を作るなど無理だ。

魔法で石壁を作ってからそれを切り取ればいけるかもしれんが、強度と時間が足りん」

意外に名案だと思ったんだが、即座にラミーズから技術的な問題を指摘されてしまった。

「……少年には何か名案はあるかね？」

少年はこれまでも危険なSランクの魔物を討伐してきた。

もしかしたら名案が浮かぶかもしれない。

とはいえ、さすがの少年でも圧倒的な数による圧殺攻撃には対応できないだろう。

「そうですね、相手は爬虫類ですから、冷気の魔法で冬眠させてはどうでしょうか」

「冬眠？　具体的には？」

意外な対策に俺は詳細を尋ねる。

「はい、爬虫類は冬になると冬眠します。そして一部を除けば、爬虫類系の魔物も同様に冬眠します。ですので冷気系の魔法を使える魔法使いが一斉に壁の上から魔法を放てば、一気に体温が下がってアントラプター達も冬眠すると思うんです。幸い僕達とアントラプターは壁で区切られていますから、味方が冷気でダメージを負う心配はいりません」

ふむ、上手くいけば倒せずとも敵を行動不能に出来るという訳か。

どのみち他に方法もないならそれに賭けてみるか。

「よし、それを試してみよう。皆、聞いてくれ！」

時間が惜しい、俺は即座に壁の中に居る仲間達に声をかけた。

◆

「うわっ!?　何だよコレ!?」

「一体どれだけ居るんだ!?」

「あまり身を乗り出すな！　落ちたら助ける事は出来んぞ！」

ロディさんが事情を説明した時、壁の中に逃げ込んだ皆は悲鳴を上げた。

そして壁に逃げる様に指示したロディさんを非難する声が上がったけれど、この光景を見てすぐに皆口を閉ざした。

寧ろ壁の中に逃げ込んだから今も生きているんだと、ロディさんの判断は正しかったんだと理解して。

「良いか、全力でアントラプターを冷やすんだ！　連中を冬眠させる事に成功すれば、戦わずして俺達の勝利だ！」

「やるしか、無いか……」

「逃げ道もないからなぁ」

ロディさんの言葉に、魔法使いさん達も覚悟を決める。

魔法を使えない人達も各々武器を構えて、いざという時に備えている。

「いいか、後の事は考えるな！　とにかく全力で温度を下げるんだ！」

「「「おうっ!!」」」

後がない以上、皆気合十分だ。

「よし！　やれ！」

ロディさんの号令で皆が自分の使える最大の氷魔法を全開で放つ。

「フロストストーム！」

「ブリザードウォール!!」

その中でもチェーンさんとラミーズさんの魔法は他の人達と一線を画していた。

二人共氷嵐系の魔法で周囲を一気に冷やしているけれど、ちょうどキャンプを嵐の中心にする事で味方に被害を与えない様にしている。

二人の魔法の影響で、周囲の温度は一気に下がり、壁で守られている冒険者さん達が寒さに震えだして、中央に用意した焚火に殺到する。

「お、おおおい、もっと炎の魔法を強くしろよ！」

「だ、だだだ駄目だ、アントラプターを冬眠させる為に火は最低限しか使えん！」

「ななならもっと詰めろよ！」

「もっと冷やせ！　灯りの届かない奥にも敵は居る！　とにかく冷やせ！」

ロディさんの指示を聞いて、中で待機している人達が悲鳴を上げる。

よーし、僕も頑張らないと！

味方が壁に守られたこの状況なら、僕も思いっきり戦えるぞ！

「プリズンコキュートス!!」

「うぉっ、寒っ!?」

僕の魔法の発動と共に周囲の温度が更に冷え、魔法使いさん達が身を縮こまらせる。

「わ、わわ私の魔法よりも冷えるだと!?　そそそれもロストマジックか!?」

なにかラミーズさんが言ってるけど、今は温度を下げるのが優先だ。

キャンプの周辺には冥府の氷とも呼ばれる絶対零度の氷霧が生まれ、アントラプター達を高低差関係なく全体的に冷やし始める。

そして氷霧によって体表が凍ったアントラプターがとなりのアントラプターに張り付いて、更に身動きを封じてゆく。

アントラプター達は自分達の動きを阻害するほどに数が多かった事が災いして、次々と自らの仲間達の体で出来た檻に閉じ込められていった。

よーし、この調子なら奥に隠れている全てのアントラプターを冬眠させられるくらい温度を下げる事ができるぞー！

「そ、そそそそこまでだしょうねねねねねんっ!!」

と、気合を入れて冷やしていたら何故かロディさんに制止された。

「え？　でももっと冷やさないとアントラプターを全て冬眠させる事が出来ませんよ」

「もももうじゅうぶぶぶんだっ！」

そう言ってロディさんがブルブルと指先を震えさせながら外を指さす。

「ももももうぜんぶこここおってるるるっ！！！」

「え？」

見れば外のアントラプター達は一塊になって凍り付き、一面氷河のような光景になっていた。

そして氷河は洞窟の奥にまで続いて見えなくなっていた。

「あれ？　もう凍っちゃったんですか？　予想外に寒さに弱かったんだなぁ」

「そういう問題じゃないでしょ！　いくらなんでも冷やし過ぎよ！　こんなのサラマンダーだって凍っちゃうわよ！」

と、身体強化魔法で体を保護していたリリエラさんが縮こまりながら叫ぶ。

「えー？　でもフロストドラゴンはもう少し冷やさないと冬眠しなかったですよ？」

「「「それ絶対冬眠じゃなくて凍死しただけだから！　っていうかどうやったらフロストドラゴンを凍死させられるんだよ!!」」」

何故か皆さんから突っ込まれてしまった。

おっかしいなー、爬虫類は冷やせば大抵動かなくなるから属性とか気にしなくてもオッケーって師匠が言ってたんだけど。

第78話　遺跡とキメラ

「では、行ってくる！」

リソウさんの宣言に第二キャンプの皆が歓声を上げる。

「土産《みやげ》期待してますよ！」

「独り占めすんなよー！」

アントラプターとの戦いの後始末を終えた僕達は、十分な休息をとってから遺跡探索に乗り出す事にした。

出陣するのは僕達Sランク冒険者と、遺跡の入り口までの護衛としてのAランク冒険者さん達が数名。

その中にはリリエラさんも含まれていた。

「遺跡の入り口までは私達がレクスさんを守るから」

リリエラさんが気合を入れて槍の石突きを地面に叩きつける。

「よろしくお願いします、リリエラさん」

これは僕達Sランク冒険者は遺跡内部の探索がメインだから、そこまでに無駄な力を使わない様にとの配慮だった。

そして残った人達は第二キャンプの護衛や、倒したアントラプターの解体、それにキャンプの更なる防衛力強化などに奔走していた。

直接遺跡探索に関わらない人達にもやるべき事は沢山あるらしい。

◆

「はぁ！」

「せりゃあ！」

護衛の冒険者さん達が道中の魔物達を討伐していく。

「セイッ！」

リリエラさんも素早い槍の連続突きで魔物達を撃退していく。

「流石少年のパートナーだな。俺の仲間に勝るとも劣らない槍の冴えだ」

と、ロディさんがにこやかにリリエラさんを賞賛する。

「ありがとうございます。そう言って貰えるとリリエラさんも喜ぶと思いますよ」

「ふっ、だが俺のパートナー達も負けていないぞ。まぁ今回はキャンプの護衛に回ってしまったがな」

ロディさんのパーティメンバーの人達は、治療やキャンプの補強に奔走している為、今回の護衛には参加できなかったみたいだ。

「しかしアレだ、折角ランクの高い魔物を討伐したというのに、回収出来ないのはもったいないな」

と、護衛役の冒険者が惜しそうに倒した魔物を見つめている。

「仕方ないだろう。俺達の仕事はSランクチームの護衛だ。素材を回収している間に魔物に襲われたら元も子もない。素材が欲しけりゃ彼等を送り届けた後にするんだな」

「それまで他の魔物に喰われないと良いけどな」

護衛の冒険者さん達が倒した魔物を回収出来なくて残念がっているのも仕方がない。

魔物の解体には時間が掛かるからね。

だから今回は護衛任務を優先する為に、倒した魔物素材の回収は後回しにするよう厳命されたんだって。

ちなみにリリエラさんはちゃっかり自分が倒した魔物だけ、自分用の魔法の袋に収納していた。

皆の魔物を回収しなかったのが気になるけど、そこには何かリリエラさんなりの理由があるのかもしれない。

◆

その後も何体もの魔物に襲われながら洞窟の中を進んでゆく。

そして探索を開始してから30分程経過した頃、ようやくお目当ての遺跡へとたどり着いた。

「本当に地下に遺跡がある……」

遺跡は白い外壁に覆われていて、ところどころに装飾が見られる。

そのデザインに見覚えがある事から、恐らくは前世か前々世の僕が生きていた時代に近い年代の遺跡なんだろう。

でもなんでわざわざ地下に作ったのかな？

「では我々は遺跡調査に向かう。諸君らは気を付けて帰ってくれ」

「ええ、皆さんもお気をつけて」

「帰り道で魔物の素材回収に夢中になり過ぎて襲われるなよ」

「分かってますって」

リソウさんと護衛の冒険者さん達が軽い冗談を交えて別れの言葉を交わす。

「レクスさんも気を付けてね」

リリエラさんが心配そうな顔で見送りの言葉をかけて来る。

「まぁ、レクスさんの実力なら余計なお世話かもしれないけど」

「そんなことないですよ。でも心配して貰えるのはとても嬉しいです」

だって前世や前々世じゃ、賢者や英雄としての力が失われる事を心配する人はいても、僕個人を心配してくれる人は居なかったからね。

それだけでもとても嬉しいよ。

「おーい、帰るぞー！」

護衛の冒険者さんがリリエラさんを呼ぶ。

「じゃあ私は戻るわね」

「リリエラさんもお気をつけて」

「ええ」

そうして、リリエラさん達が帰路につく。

「それじゃあ我々も働くとしますか！」

気分を切り替える様に、ロディさんが声を張り上げる。

「うるさいぞ晴嵐、これから未知の遺跡を探索するのだから静かにしないか。中には何が居るのかわからんのだ」

「こりゃ失礼」

大きな声を上げたロディさんをリソウさんが叱るけど、当のロディさんはあまり反省していないみたいだ。

「探査魔法では入り口周辺に多数の魔物の反応を感じる。Aランク平均の魔物がこれだけとは、これは最初から骨だぞ」

と、ラミーズさんが探査魔法で得た情報を告げると、リソウさんがニヤリと笑みを浮かべる。

「仕方あるまい。強引に侵入させて貰うとしよう」

つまり力ずくって訳ですね。

◆

「よし、それじゃあ行くぞ！」

強行突入を決めた俺こと双大牙のリソウは、両手に得物を携えて遺跡内に飛び込む。

「お邪魔しまーっす！」

次いで軽い調子で、晴嵐のロディも飛び込んでくる。

「あまりはしゃぐなよ」

「分かってますって！」

建物の中に居た魔物達がこちらに気付くが、奴等は突然悲鳴を上げてもだえ苦しむ。

その理由は天魔導が自分の後ろに浮かぶように放った強力な灯りの魔法のせいだ。

暗い場所を縄張りとし、わずかな光に頼って暮らす魔物が突然強い光を浴びればどうなるか？

答えはこんな風に光で目を焼かれて一時的に視力を失う、だ。

「よし突っ切るぞ！　晴嵐は殿！　大物喰らいと天魔導は援護だ！」

「分かった」

「はいっ！」

うむ、危険度が高い遺跡だというのに、大物喰らいに気負う様子はないみたいだな。

予想以上に若かったから、少々心配していたんだが、どうやら杞憂だったようだ。

俺は二本の大剣を猪の牙の様に前に構えて突撃する。

直線上の魔物達は何が起こっているのかも分からず、俺の相棒「双大牙」の突撃を受けて吹き飛ぶ。

何体かはそのまま死に、何体かは生き残る。

だが止めは刺さない。

魔物の数が多い為、全ての相手をするのはさすがに無理だ。

Sランクの冒険者だからといって、デタラメに強い訳じゃあない。

戦う相手と戦わない相手を即座に見極めて動くのが長生きのコツだ。

俺の突進を回避した魔物達の何体かが即座に反撃してくる。

同時に右手に持った黒牙の峰から生えた牙が一つ砕ける。

うむ、敵ながらなかなか良い反応だ。

俺が通り抜ける横から腕に向かって噛みついてきたが、そんな攻撃じゃあ俺の守りを貫くのは無理だ。

「返すぞ！」

俺は黒牙を振るって魔物を一刀の下に切り捨てると、再び剣を構えて突進を再開した。

自分のダメージは気にしない。

俺には黒牙という誰よりも信頼できる守りがあるからな。

それに万が一重傷を負っても聖女が傷を癒してくれるから心配はいらない。

俺の役目は、よけいな事を考えず一直線に突撃して道を切り開く事だ。

「む？」

見れば前方を十数体もの魔物達が道を塞いでいる。

さすがにアレを突っ切るのは難しいか。

「スパイラルレイン！」

すると背後から天魔導の声が響き、幾十もの水のつぶてが高速で回転しながら魔物達を貫いてゆく。

「いい仕事だ！」

少々気難しい奴だが、仕事は出来る男だ。

天魔導の魔法で魔物達の壁が崩れたのを好機とみた俺は、二本の大剣を大振りに振り回しながら魔物達の群れに飛び込む。

反撃を気にしない突撃に魔物が更に下がる。

「せいっ！」

すると横から大物喰らいが、傷の浅い魔物を切り捨てて援護してくる。

その細い剣で魔物を一刀に切り捨てるのだから、なかなかの業物だ。

さすがに俺だけだと、聖女と天魔導が突破する際に攻撃を受けそうだったので助かる。

そして魔物の壁を突破した先に一枚の扉が見えた。

「聖女！　あの扉を抜けたら魔物避けの結界を張れ！」

「分かりました！」

そしてゴールにたどり着いた俺は即座に扉を開けて、剣を振り下ろしながら中に転がり込む。

我ながら乱暴な待ち伏せ対策だ。

しかしどうやら待ち伏せは無かったみたいだ。

それどころかここは室内じゃあなかった。

先ほどまで見えていた天井がそこにはなく、暗い闇が広がっている。

そして足元には土が見える。

「建物を抜けて洞窟の反対側に出ちまったか!?」

「主よ！　聖なるご加護を！　フィールドウォール！」

続いて入って来た聖女が魔物避けの結界を張る。

「よし入れ！」

後ろから付いてきた連中が全員結界内に転がり込んだのを確認すると、俺は急ぎドアを閉める。

そして追って来る魔物達の視界が一旦遮られたのを確認したら、急いで結界に入った。

「晴嵐、大物喰らいは周辺の警戒！　天魔導は探査魔法で部屋の追手の反応を探れ！」

もし扉をぶち破って入ってきたとしても、結界内に入った俺達を見つけることは出来ない。

あとは魔物達が俺達を捜すのを諦めるまで結界内でじっとしていれば良いって寸法だ。

だが不思議と、魔物達が扉を壊す気配はなかった。

それどころか扉を叩く音もしない。

不審に思っていると、天魔導が首をかしげる。

「どうした？」

「おかしい、魔物達が急に引き返していった」

どういう事だ？

自分達の縄張りは建物の中だけだって事か？

まぁそれならそれで助かるんだがな。

◆

ひとまずの安全を確認した俺達は、すぐに周囲を見回す。

俺が入って来た時は灯りが入り口付近にしか届いていなかったが、今は天魔導が居るので灯りの魔法が周囲をまんべんなく照らしている。

「ここは、中庭……か？」

疑問形なのは、そこには草木一つ生えていなかったからだ。

ただ地面には石畳が敷き詰められた道や、おそらくは植え込みがあったであろう石飾りがある。

きっとこの遺跡が遺跡でなかった時代には、ここには多くの古代人が居たのだろう。

尤《もっと》も、今は荒れ果ててその名残があるばかりだが。

「ともあれ、一旦ここで休憩するとするか」

無理な突撃で怪我をしたヤツも居るだろうからな、一旦態勢を整えるとするか。

◆

「そういえば、リソウさんのその武器ってマジックアイテムですよね？」

結界内で治療がてら休息をとっていたら、大物喰らいがそんな質問をしてきた。

「ほう、気付いていたか」

「はい。さっきの戦闘でリソウさんは魔物に噛みつかれましたが、傷を負いませんでした。その代わりに黒い剣の峰の牙が一本砕けたのを見ました」

意外に見ているものだな。

「その通りだ。この剣は双大牙、二対一組のマジックアイテムだ」

俺は探索を一旦止めて二本の大剣のうち黒い方をかざす。

「この黒いのが黒牙、受けた攻撃を背から生えた10本の牙が肩代わりしてくれる。一回の攻撃を受けるごとに牙は砕け、一度砕けたら一本再生するのに一日かかる。また強すぎる攻撃を受けると複数の牙が同時に折れる」

そして次に白い大剣をかざす。

「こっちの白いのが白牙、攻撃をする際にこれまで黒牙が受けた攻撃を上乗せして相手に返す。上手く使えば無傷で大打撃を与える事の出来る俺の切り札だ」

そう、これこそ俺がSランク冒険者として今まで生き残る事が出来た最大の秘密だ。

道具の力に頼るのはズルいと思う奴もいるだろうが、これは俺がダンジョンの下層で見つけたアイテムだ。

つまり俺に実力があったからこそ手に入れる事が出来たアイテムって訳だ。

つまらん言いがかりをつけて来た連中もそう言い返せば大抵黙った。

「……そこまで教えて良かったんですか？」

まさかそこまで教えて貰えるとは思わなかったのか、大物喰らいが驚いた顔を見せる。

ははは、この顔が見たいから教えるんだよ。

「構わん、なにせこの双大牙は見た目通りの大剣だ。それを二本同時に扱える人間なんぞそうは居ない。一本ずつではその剣の真価を発揮できないしな」

そう、俺が双大牙の能力を惜しげもなく教える理由は、大剣を二本同時に扱える大剣使いなんてめったに居ないからだ。

使いどころのないマジックアイテムでは、性能が高くても値段が高くなるばかりで買い手が見つけづらい。

精々が貴族の屋敷の壁に見栄を張る為に飾られるくらいだ。

「それに、同じパーティで戦う以上は仲間の力を知っておくに越した事はないだろう？」

「確かにそうですね」

大物喰らいが成る程と何度もうなずいている。

「まぁだからと言って自分の切り札を教える必要まで無いぞ。昨日の仲間が今日の敵になる事もある業界だからな。俺の場合、コレは教えても良い切り札だったって事だ」

さすがに若手に手の内を晒せと言うのは酷だしな。

「さて、それじゃあ回復も済んだ事だし、そろそろ探索再開とするか。あまり遅いとキャンプの連中が心配するからな」

◆

「こ、これは!?」

探索を再開した俺達は、中庭内に他のルートから遺跡の中へと戻る扉が無いか探すことにした。

別の入り口からなら魔物と遭遇する可能性も減るだろうからな。

だがその途中で俺達は異常な光景に出くわした。

それは、山だった。

ただしその山は土や岩で出来た山じゃあない。

ゴーレムで出来た山だった。

「これは……積み重なったゴーレムの残骸か?」

天魔導の言葉どおり、山となっていたゴーレム達はそのすべてが壊れていた。

「まるでゴーレムの墓場だな」

晴嵐が冗談めかして言うが、あながち冗談にも聞こえない。

この光景はまさに墓場のようだった。

まるでこの遺跡中のゴーレムがここに集まって死んだかの様な光景だ。

いっそゴーレムの体そのものが墓標にすら見える。

「一体ここで何があったんだ……」

俺達はこの異様な光景に魅入られてしまっていた。

「このゴーレム達の損傷、剣や魔法の傷じゃないですね」

と、そんな異様な空気の中、ポツリと大物喰らいが呟く。

「何？」

「見てください、これ噛み傷とひっかき傷です。まるで何か大きな生き物に攻撃されたみたいな傷ですよ」

そう言って大物喰らいが指さしたゴーレムには、俺の腕がそのまま入りそうな丸い穴と、人間と同じ大きさのゴーレムの胴体を引き裂いたであろう、大きな爪の跡が刻まれていた。

というか、これが爪で付けられた傷跡なら、その傷を与えた主はどれほどの大きさなんだ!?

「なによりこの傷ですが……」

大物喰らいが一拍の間を置いて、更なる衝撃の事実を伝えてくる。

「比較的新しいです」

「……何？」

新しい？　それはつまり……

「ゴーレムの状態を考えるに、つい最近つけられた傷ですね」

「な、なんだと!?」

その時だった。

ォオォォォォオオオオォォォォォオォン!!

「「「「っ!?」」」」

遺跡中に響くほどのうめき声が轟く。

それは雄叫びのようにも聞こえたが、まともな生物の上げる鳴き声とは到底思えなかった。

「何か来るぞ！　探査魔法はどうした!?」

「無かった！　今までこんな巨大な反応は何処にも無かったぞ!?」

天魔導が悲鳴の様な声を上げる。

この男がここまで取り乱す何かがすぐそばに居るというのか!?

「来ますっ！」

大物喰らいの声で我に返った俺は両手の得物を構える。

先ほどの戦闘で幾つか牙が折れているが、まだまだ残っている。

相手がドラゴンだったとしても、逃げるだけの時間は稼げるさ。

振動がこちらに近づいてくる。

向こうは完全にこちらを把握しているようだ。

暗闇の向こうから不気味な威圧感が迫ってくる。

そして見た。

その冒瀆的な姿を。

「ひっ!?」

ソレのあまりの醜悪さに、聖女が悲鳴を上げる。

ソレは巨大なトカゲの胴体を持っていた。

その前足は獣の足で、後ろ足は鳥の足だった。

尻尾は先端に目の無い蛇が生えており、時折真っ赤な三日月の様な口内が垣間見えた。

背中からは鱗の生えた腕が木の枝の様に幾重にも伸びている。

そして頭部は極めつけに異常だった。

一見して愛らしい猫の様な顔。

ただし両目はヤツメウナギのように牙が生えており、両耳にはギョロリとした目玉。

口からはさまざまな獣の足が生えていて、それが不気味に蠢いている。

まるで神が取り付ける部品を間違えて生み出したかのような、生理的嫌悪を催す化け物だった。

クルォエゥアォォォアゥアァァ……

当然そんな口ではまともな鳴き声を上げる事など不可能。

ソレは吐き気を催すうめき声を上げていた。

「何だアレは……」

明らかに普通の生き物じゃあない。

邪神が生み出したといわれる醜悪な魔獣だって、もう少しまともな形をしていた。

それほどに、目の前の存在はメチャクチャな形をしていたのだ。

「……キメラですね」

そんな中、大物喰らいが小さく呟いた。

「キメラ？　アレがか!?」

キメラ、それは複数の生物を合成して作られた古代文明の生物の名だ。

神が生み出した生命を侮辱する存在として、聖女の所属する教会からは、アンデッドなどとは別の意味で忌み嫌われている。

「ええ、アレはまっとうな生き物の造形じゃぁありません。明らかに何者かが悪意をもって生み出したキメラです」

大物喰らいが断言する。

むしろその断言に安心するくらいだ。

あんな異常な存在が自然に存在していて良い筈が無い。

それくらいアレは異常な存在だった。

ウロロロスィィアエェアッ
キメラが雄叫びとも思えぬ奇怪な叫びを上げ、立ち上がると前足を振りかぶる。

「全員散れ!!」

俺の声に反応してとっさに3人が動く。

だが一人だけ聖女が逃げ遅れた。

「ちっ！」

俺は聖女を突き飛ばすと、黒牙を構えてキメラの爪を待ち受ける。

黒牙の力なら、キメラの攻撃がどれだけ強くとも数発は耐える事が出来る！

キメラの爪が黒牙にぶつかる。

俺は後ろに飛びながら爪の衝撃を可能な限り殺し、そこで受けた攻撃を白牙で返そうとした。

「避けろっ！」

晴嵐の切迫した声に俺は攻撃を止めて更に後ろに跳ぶ。

直後、体が真横に吹き飛ばされた。

感触から直撃ではない事は感じられた。

だがそれでも体が引き裂かれそうな痛みを受ける。

吹き飛ばされた体が地面にぶつかりバウンドする。

そのままどこまでも飛ばされるかと思ったが、幸か不幸か先ほどのゴーレムの残骸の山にぶつかる事で、止まる事が出来た。

ただ落ちてきたゴーレムの残骸が痛い。

「すみません、回復します！」

聖女がすぐに回復魔法をかけてくる。

痛みで体が動かない、どうやらかなり重傷みたいだ。

目を動かして手の中の黒牙を見る。

落とさなかった自分を褒めてやりたい。

「なっ!?」

なんという事か、黒牙の背の牙が全て折れている。

つまり先ほどの攻撃で黒牙の守りが全て持っていかれたという事だ。

おいおい、この牙一つでBランクの魔物の攻撃を防ぐんだぞ!?

ってことはあいつの一撃はBランクの魔物数体分、おそらくAランクの魔物以上って事か？

しかもそれだけのダメージを黒牙に受けて貰ったにもかかわらずこの傷か。

聖女がいなければ死んでいたな。

今は晴嵐と大物喰らいが牽制をして天魔導が魔法で攻撃している。

だが天魔導の強力な魔法を受ける端からキメラの肉体が再生されてゆく。

「何だこの再生能力は!?」

「多分胴体にヒュドラかなにかの再生能力の高い魔物を使っているんだと思います。で、それが原因で肉体が異常成長してこんな化け物になったんじゃないでしょうか？」

「大物喰らい、お前キメラの知識もイケるのか!?」

天魔導が戦闘中だというにもかかわらず嬉しそうな顔をする。

まったく、あいつの知識バカは場所を選ばんから困る。

「ヒュドラを退治するなら、傷口を焼くのが基本だ。晴嵐、大物喰らい、私が焼くからお前達は兎に角攻撃の手を緩めるな！」

「分かった！」

「分かりました！」

天魔導が牽制の魔法を放ち、晴嵐と大物喰らいがキメラに向かっていく。

いかん、ヤツの攻撃に一度でも当たれば命は無いぞ。

俺は二人に、攻撃に注意するように声を上げようとしたが、痛みでろくな声が出なかった。

「待、ぐぅっ！」

「今は安静にしていてください。かなりの深手なんですから！」

動こうとした俺を聖女が叱る。

クソッ、パーティの壁になって状況を切り開くのが俺の仕事だというのに情けない。

それに二人は既にキメラへと肉薄していた。

こうなってはもうアイツ等の無事を祈る事しか出来なかった。

「はっ！」

晴嵐がキメラの太い前足を切りつけるも、分厚い毛皮に数本傷を付けただけで有効打にはならなかった。

「なんだコイツの毛皮！　まるで鉄だぞ!?」

キメラの毛皮は予想以上の硬さだったらしく、晴嵐が悲鳴を上げる。

オロウアクァァェオアオアオア!!

怒りの声を上げたキメラの前足が二人をなぎ払うも、二人はそれを難なく回避する。

しかし同時に背中の枝状に伸びた腕が二人を襲う。

俺を襲った攻撃の正体はアレか！

背中から枝の様に伸びた複数の腕による同時攻撃、それが黒牙を一撃で使用不能にした攻撃の正体だった。

「避けっ……」

駄目だ、まだ声が出ない。

「ソニックランサー!!」

天魔導の魔法で晴嵐を襲った腕の幾つかが吹き飛ばされ、晴嵐は何とか回避に成功する。

だが大物喰らいは晴嵐とは反対方向に避けた為に天魔導の援護を受けられなかった。

これでは大物喰らいまで同時連続攻撃を喰らう！

しかもアイツは俺と違って黒牙が無い。

回避不能のこの攻撃を受ければ即死は確実だった。

「フィジカルブースト!!」

その時、大物喰らいの体がブレた。

「っ!?」

そして信じられない事に、大物喰らいの腕がまったく同時にあらゆる方向に伸びて、キメラの枝腕を全て切り裂いたではないか!?

「なっ!?」

何が起こった、それ以外の言葉が出ない。

「ラミーズさん！　焼いてください！」

「っ!?　フ、フレイムブラスト!!」

大物喰らいの言葉に我に返った天魔導が魔法を放ち、キメラの枝腕の片方が焼かれる。

キュロロラクァァォア!!

金属のきしむような気持ちの悪い悲鳴を上げてキメラが苦しむ。

「いまだ！」

再び飛び込む大物喰らい。

「メルディングソード!!」

大物喰らいの細い剣が青白く揺らめく光に包まれると、キメラの足を薙《な》ぐように切る。

無理だ、あんな細い剣の攻撃では前足を守る鋼の毛皮に有効打を与える事は……

と、そう思った俺だったが、大物喰らいの剣はまるでチーズでも切るかのようにキメラの左前足を切断し、そのまま後ろ足まで切り裂いてしまう。

左側の二本の足を切断され、キメラがバランスを崩して倒れる。

「なっ!?」

晴嵐でも駄目だったキメラの足を一撃で切り落とした!?

ヤツの剣もかなりの業物なんだぞ!?

一体どんな得物を使えばあんな切り方が出来る!?

さっきの、腕が複数現れる不思議な攻撃といい、いまの攻撃といい、これは剣技なのか!? それとも魔法なのか!?

そんな事を考えた俺だったが、キメラの足の切断面を見てそれどころではない事を思い出す。

このままではせっかく切断した足が再生してしまう。

「早く傷口を焼け天魔導!」

だが天魔導は困惑した様子で、行動を起こそうとはしなかった。

「どうした天魔導!?」

「こ、これは……!?」

そこで俺はようやく天魔導が何故困惑して動かなかったのかに気付いた。

天魔導は動かなかったのではない、動く必要がなかったのだ。

何故なら、キメラの足の切断面は既に焼け焦げていたからだ。

「これは……どういう事だ!?」

その光景を見た俺は、大物喰らいの剣が青白く揺らめきながら輝いていた事を思い出した。

「まさか、あれは……エンチャント系の魔法か!?」

大物喰らいは、あの魔法の効果で、キメラの足を切断すると同時に傷口を焼いて塞いだのだろう。

こうして離れた場所から全体を見ていなければ、何が起こったのか気付かなかったところだ。

「なんて実力だ」

普通魔法剣士というのは実力が中途半端なものだ。

剣技を優先すれば魔法がおざなりに、逆にすれば剣が未熟に。

だが大物喰らいの技術はどちらも一流、いや超一流だった。

今もキメラが残った枝腕を駆使して全方位から複数攻撃をするが、それらを軽々と回避している。

こうして距離を置いて戦場を見ているからこそ分かるが、あいつの動きには体のブレがなかった。

人間、バランスを崩せば動きが不自然になるものだ。

今のような凄まじい猛攻に晒されたなら尚更だ。

だが大物喰らいはバランスを崩した時でさえ動きが危うくなることは無かった。

おそらく横で一緒に戦っていたらその異常性に気付かなかっただろう。

「もういっちょ！」

そして大物喰らいが次々にキメラの体を焼き切っていく。

晴嵐と天魔導が援護するが、はたから見ても分かるほど、無用な援護と言えた。

そしてそれから間もなく、キメラの体は綺麗に分割されたのだった。

「ふぅ……あっ、大丈夫でしたかリソウさーん？」

キメラを倒した事で緊張を解いた大物喰らいがこちらに手を振ってくる。

その姿は無邪気な新人のソレだ。

「やれやれ、俺もまだまだ未熟か……」

最近は、敵の攻撃が当たっても黒牙に守って貰えると油断していた。

その結果がこのざまだ。

俺は自分が無自覚のうちにマジックアイテムに頼りすぎていたのだと実感させられた。

「とはいえ……修業してあの動きを会得できる気がせんなぁ」

手が何本も生えてるみたいに見える動きとか普通無理だろ。

第79話　キメラご飯と秘密の本棚

「はい、おしまい」

フォカさんがキメラとの戦闘で負傷していたリソウさんの治療の終了を告げる。

「スマンな聖女」

「どういたしまして」

フォカさんはにこやかな笑顔でリソウさんの礼を受け入れる。

「さて、それじゃあこれをどうにかしないとな」

と、ラミーズさんが消耗した魔力を回復させる為にマナポーションを飲みながら、退治したキメラを指さす。

「相当な強さだったからな、素材も良い値段になりそうだ」

んー、再生能力がそれなりだっただけで、そんな大したキメラでも無かったと思うけどなぁ。

「天魔導、分け前の優先権は少年からだぞ」

と、何やらロディさんがラミーズさんに釘を刺す。

「分かっている」

「あのー、優先権ってなんですか？」

聞き覚えの無い言葉に僕は疑問の声を上げる。

「何？　知らんのか少年!?」

何故かロディさんだけでなく、フォカさんやリソウさん達まで目を丸くしている。

「優先権というのは、共同で魔物を倒した際に一番活躍をした人間から欲しい素材を主張する権利だ」

ラミーズさんが生徒に教える先生の様に優先権について説明してくれた。

「へぇー、そんなルールがあったんですね」

「本当に知らなかったのか」

ロディさんが呆れた顔で僕を見る。

「いやー、基本は一人での狩りでしたし、チームを組む時も大抵みんな一人で倒してましたから」

きっとそのルールが適用されるのはよっぽど強い魔物が相手の時なんだろうね。

「このルールが無かった頃は、安全な場所に隠れて魔物が弱ってから戦いに参加する悪質な冒険者が少なくなかったそうよ」

「だが、あまりにもトラブルが多発した事で、ギルドが優先権のルールを制定してな、それ以来合同討伐の際は皆優先権を得る為、積極的に前に出る様になってトラブルの数は激減した訳だ」

フォカさんとリソウさんがラミーズさんの説明を詳細にしてくれる。

しかし成る程、確かにそれなら貴重な素材を公平に分け合えるね。

「少年は偶に妙な事を知らないな」

「すみません、田舎者なもんで」

「そういう問題ではないと思うのだが……」

「まぁそういう訳で、このキメラの素材の優先権は少年にある。どの部位を選……ん？」

ロディさんがさぁ選べとキメラを指さして……止まった。

僕達も何事かとキメラの方を見ると、キメラの上に妙なものが乗っているのに気付いた。

それは白くモフモフとしていて、凄く見覚えがある後ろ姿だった。

そしてそれがキメラの上でゆらゆらと揺れ……いや少しずつ沈んでいる？

違う、沈んでいるんじゃなくてキメラの肉を食べているんだ!?

「って何をしてるんだ!?」

「キュウ？」

僕の声に、それは呼んだ？　と言わんばかりに振り返る。

その姿に、僕は思わず驚きの声を上げてしまう。

「お前、モフモフじゃないか!?」

「キュウ！」

似ているなーと思ったら本当にモフモフだった!?

「な、なんだ!?　知っているのか？　大物喰らい!?」

リソウさんが一体あれはなんだと僕に問いかけて来る。

見た目がモフモフして無害そうなので、剣を向けて良いものかと困惑している様にも見えた。

「ええと……ウチの……ペット、でしょうか？」

「何で疑問形なんだ？」

「あはは……」

というか、何でモフモフがこんな所に居るんだ？

「それよりもお前、付いてきちゃったのか？」

「キュウ!!」

その通り！　とモフモフが手を上げる。

「お前なぁ、ここは凄く危ないんだぞ。Sランクの冒険者しか入っちゃいけない場所なんだからな？」

「キュウ？」

そうなの？　とモフモフが首を傾げる。

そしてすぐに何事も無かったかのようにキメラの肉を食べる作業に戻った。

「って、食べるんじゃない！」

僕はモフモフをキメラの肉から引きはがすと、モフモフはジタバタしながらキメラの肉を食べたがったが、やがて諦めたのか足をぷらーんと垂らした。

「というか、見た事も無い生き物だが、それは一体何という生き物なんだ？」

と、知識欲が刺激されたのか、ラミーズさんがモフモフを指さして聞いてくる。

ああこら、ラミーズさんの指を噛もうとするんじゃない。

「僕にも良く分からないんですけど、魔獣の森の中心で拾った卵から産まれたので魔物の子供なんだと思います」

「これが魔物なのか？　緊張感の欠片も無い毛玉の様な生き物が？」

「あらあら、可愛らしいわねぇ」

ラミーズさんは本当に魔物なのかと訝しげに、フォカさんはヌイグルミでも見るかのようにモフモフを愛でる。

「油断するなよ、その生き物はAランクの魔物を狩る事が出来る訳の分からない生き物だからな」

と、ロディさんが二人に警告する。

「これがAランクの魔物を？　冗談だろう？」

あー、そう言えば以前、ロディさんとの勝負でモフモフが最後に参加してきて、ロディさんの獲物よりも大きな核石を吐き出してたなぁ。

ともあれ……

「すみません、ウチのモフモフが勝手に肉を食べちゃいましたので、僕の優先権は肉でお願いします」

しょうがない、これも飼い主の責任だ。

「あー、まぁ肉くらいなら良いんじゃないのか？　どのみちキメラの肉なんて何を材料に使っているか分からないからな」

と、ロディさんがとりなしてくれる。

「確かにな、それにどうせ不要な部位は埋めるか焼くかして処分するのだ。ならペットが多少齧ったところで問題あるまい」

ロディさんの言葉に、ラミーズさんも同意してくれる。

「ええ、その通りですよ。邪悪な業で歪められた命といえど、魔物とはいえ幼子を育てる為の糧となるのならこのキメラも本望だと思うわ」

寧ろ良い事だと、フォカさんも僧侶の立場から認めてくれた。

「まぁそういう事だ。気にせず好きな部位を持っていけ」

最後にリーダーであるリソウさんからも許可が出た。

皆良い人だなぁ。

「ありがとうございます。じゃあ前足の爪を一本頂きます」

「キメラの爪か、確かにこの大きさなら削り出しでも武器として使えるだろうからな。妥当な報酬だ」

よし、リーダーの許可も得たしキメラの爪ゲットだ！

「という訳で、皆の許可も貰ったし、肉を食べていいぞ。でも肉以外は素材として使うから食べちゃ駄目だぞ」

「キュウン!!」

モフモフは承知！　と前足をあげると、魔物まっしぐらといった感じでキメラの肉にかぶりつく。

「こうやってみると魔物の子供も可愛らしいわね」

フォカさんがニコニコと笑顔でモフモフの食事光景を見ているけど、生肉にかぶりついているから白い毛が真っ赤に染まっているんですけど。

「あれが……可愛らしいのか？」

ロディさんがうーんと首を捻《ひね》りながらモフモフを見ている。

「では素材の回収とするか。この中にはキメラが縄張りとしていたおかげで他の魔物の姿も見当たらないしな。こいつの素材を土産として持ち帰ろうか」

成る程、このキメラを遺跡探索の成果にする訳だね。

「さて、この大きさだと魔法の袋にどれだけ入るやら」

と、ラミーズさんがローブから小さな袋を取り出す。

「おや、天魔導の旦那も魔法の袋を持っていたのか？」

と、ロディさんも懐から小さな袋を取り出す。

「ふん、Sランクの冒険者なら、容量はともかく魔法の袋くらい持っていて当然だろう」

そう言って、ラミーズさんは僕達に視線を向ける。

「ええ、私も持っていますよ。と言っても、私の場合は教会から貸与されたものですけれど。仕事がら希少な薬草などを入手する機会も少なくありませんから」

「ケチな教会が、生きて帰る保証のない冒険者に貴重なマジックアイテムを貸す時点で、聖女がどれだけ教会にとって重要な存在か分かるというものだな」

「私はそんな大した女じゃありませんよ」

「無駄話はそこまでだ。さっさと解体するぞ」

リソウさんの号令で僕達は黙々とキメラの解体を始める。

さすがにこの巨体だと、僕達全員でかからないといつ終わるか分からないからね。

「おーい、毛玉、こっちのモツも食っていいぞ！」

「キュウッ！」

リソウさんの許可を受けて、モフモフが大喜びでモツの山に飛び込んでいく。

うん、解体が終わったらモフモフを洗おう。

◆

「こんなもんか」

キメラの解体が終わった僕達は、大きく伸びをして体をほぐす。

「ウォータープレッシャー！」

ラミーズさんが高圧の水を放つ魔法でキメラの素材を洗浄していく。

高圧の水はキメラの血だけじゃなく、こびりついた肉片も綺麗に洗い流してくれる。

「便利な魔法を持ってるじゃないか天魔導」

「ふっ、伊達に古代文明の遺跡を渡り歩いてロストマジックを研究していないさ。攻撃魔法にはこういう使い方もあるのだよ」

あー、高圧水流の魔法って便利ですよねー。壁や床の汚れを綺麗にしたり、暴徒を追い払うのにも使えたりと割と万能なんだよね。

「あ、そうだ。モフモフの洗浄もお願いします」

「分かった……って、生き物は不味いだろ!?」

素材の中にモフモフを放り込まれたラミーズさんが驚きの声を上げるけど、当のモフモフは自分に命中した高圧水流を気持ちよさそうに受けている。

「キュッキュウー」

そして鼻歌を歌いながらゴロゴロと転がって汚れを落としていく。

「嘘だろう？　オーガの巨体だって吹き飛ぶ魔法だぞ!?」

あー、モフモフならオーガが吹き飛ぶ程度の水圧も大丈夫ですよ。

そしてキメラの素材もモフモフも綺麗になったので、あとは温風の魔法で乾かして皆の魔法の袋に収納していく。

「スマン、俺の魔法の袋はもう容量一杯だ」

と、ロディさんがもう入らないと宣言する。

「私のももう一杯ねぇ」

「俺もだな」

次いでフォカさんとリソウさんも魔法の袋が満杯になったと宣言する。

「さすがにこれだけの大きさだと、魔法の袋でも入りきらないか」

「ふふん、お前達の袋は大した容量ではないな。私の袋はまだまだ入るぞ」

さすが遺跡探索の専門家だけあって、ラミーズさんの魔法の袋の容量は他の皆よりも大きいみたいだね。

危険な場所で希少な資料となる品を安全に持ち出すには、なんども往復するよりも容量の大きな魔法の袋を持っていくのが一番だからね。

そうして、残った素材は僕とラミーズさんの魔法の袋に詰めていく。

「少年の魔法の袋も結構な容量だな」

「いいえ、それほど大したものでもありませんよ」

でもありものの素材で作った魔法の袋だから、あんまり容量に自信はないんだよね。

「む、限界か」

そしてラミーズさんの魔法の袋も容量が一杯になる。

「残念だが、残りは置いて行くしかないな。まぁ骨や鱗なら魔物も興味を示さんだろうが」

「ラミーズさん、僕の魔法の袋ならまだ入るから大丈夫ですよ」

「何っ!?」

ラミーズさんが驚いた顔をみせるけど、実際僕の魔法の袋の容量はまだ半分以下しか使っていない。

「お、おい。その魔法の袋にはどれだけ入るんだ!?」

「え？　そうですね、このキメラの素材なら、数百体は入ると思いますよ？」

「「「数百!?」」」

ラミーズさんの質問に答えたら、何故か皆が驚いた顔でこちらを見て来る。

「し、信じられん！　私の魔法の袋は、現在発掘されたなかでも最大級の容量を誇る魔法の袋なんだぞ!?」

え？　最大級？　その袋の容量だと、市販の魔法の袋の平均容量だと思うけど。

「いいえいいえ、軍用の魔法の袋に比べたらたいした容量じゃないですよ」

うん、軍用に使われた魔法の袋には、数年分の備蓄が収納されているのが普通だったからね。

それにくらべたら、僕の魔法の袋の容量なんて少ない少ない。

「……まぁ、容量の件は別に良いんじゃないか？　全部持って帰れるならそれに越した事はないからな」

「……それもそうだな」

ロディさんの言葉に、リソウさんが同意する。

なんだか良く分からないけれど、皆が納得したなら別に良いかな。

「じゃああとは食い残しの肉とモッツを処分……あれ？」

と、立ち上がったロディさんが首を傾げる。

「どうした晴嵐？」

「いや、肉とモッツどこに行った？」

「「「え？」」」

ロディさんの言葉に、僕達も周囲を見回す。

けれどキメラの肉もモッツもどこにも見当たらなかった。

あるのは解体で流れたキメラの血だけだ。

「「「「……」」」」

自然、皆の視線がモフモフに集まる。

「キュウン？」

モフモフが何？　といった様子でこちらを見て来る。

「もしかして、全部食べたのか？」

「キュウン！」

モフモフがその通り、と胸を張りながら返事をした。

「「「全部食べたぁぁぁぁぁぁ!?」」」

これにはさしものSランク冒険者さん達も驚きの声を上げる。

というか僕も驚いた。

「し、信じられん、この体のどこにあれだけの量の肉が消えたのだ!?」

「まぁまぁ、沢山食べるのねぇ」

「聖女よ、そういう問題ではないと思うぞ」

「やっぱりこの魔物おかしいぞ」

うーん、まさか全部食べるとは思わなかったなぁ。

「お前、そんなにお腹が空いていたのかい？」

「お腹が空いていたとかいう問題ではないだろうが！　本当に何者なんだその魔物は!?」

ラミーズさんはモフモフの種族が気になって仕方ないみたいだね。

まぁ実際僕も気になる。

お前本当になんて種族なんだ？

◆

キメラの素材回収を終えた僕達は、中庭の血を洗い流してから探索を再開した。

あのままにしておくと、血の匂いを嗅ぎつけて他の魔物がやってくるかもしれないからね。

「このあたりには魔物の姿がありませんねぇ」

フォカさんの言う通りだった。

入り口とは違い、中庭よりも奥の建物には魔物の姿が全くなかったんだ。

探査魔法で魔物の反応の確認もしてみると、おかしな事がわかった。

「妙だな、このあたりにも魔物の反応はあるが、動く気配が無いぞ」

「動かないだと？」

魔物の反応が動かないと聞いて、リソウさんが訝しむ。

「暗くて断言できんが、まだ魔物が眠る様な時間じゃあないだろう？」

「ああ、だが魔法で察知した魔物達に動きはない」

厳密には、中庭の向こうの建物の中に居る魔物は、だ。

僕達が突入した入り口付近の魔物の反応は今も動いている。

けれどこちら側の区画の魔物のみ、時間が止まったかのように動く気配がなかった。

「こちらの魔物は躾けられているのかもしれませんね」

「躾けられている？」

僕の言葉にリソウさんが興味を示す。

「ああ、例の騎士団反逆未遂事件か」

と、ロディさんが手をポンと叩く。

「騎士団反逆未遂事件って何かしら？」

あの事件を知らないいらしいフォカさんが首を傾げる。

「聖女さんは知らないのか。以前この国の王都周辺で大規模な魔物討伐が行われたんだがな、その魔物っていうのが騎士団が秘密裏に育てていた、人の命令に従順に従う魔物だったのさ」

「まぁ！　魔物を操ることなんて出来たんですか!?」

神に仕える僧侶であるフォカさんには、人に害成す魔物が人の命令に従うというのは信じられないみたいだ。

でもまぁ、子供の頃から魔物を育てて言う事を聞かせる、魔物使いって職業はちゃんとあるんだけどね。

現にうちのモフモフも、ちょっとわがままだけどちゃんと言う事聞くし。

「人間の命令に従う魔物か。確か古代文明時代にはそんな魔物の研究もあったらしいな」

「そうなのか？」

「ああ、魔人との戦いの為に開発した技術らしい」

あーそう言えば、昔いた研究所でも同じような研究をしていた人が居たなぁ。

部署が違ったから細かい研究内容は分からなかったけど。

僕の上司は「暴走する危険のある魔物やキメラの研究などよりも、マジックアイテムや魔法の研究の方がはるかに安全で使いやすい！　だからウチの方が優秀だ！」って言ってたなぁ。

なんか途中から私情が入っていたような気がするけど、まぁ昔の話だね。

そうして、探査魔法で探知した魔物を避けながら移動していくと、僕達は突き当たりにたどり着いた。

突き当たりの両側の壁にはそれぞれに部屋があり、どちらの部屋も物置として使われていたのか、大したものは置いていなかった。

「マジックアイテムでもあればよかったんだがな」

「そんな都合よくマジックアイテムがあるわけ無いだろう」

「資材置き場だった様だが、長い年月で使い物にならなくなっているな。保存魔法が掛けられた棚もないし、魔法の袋も無い事から大したことの無い品を置く為の場所の様だな。仕方ない、前の分かれ道まで戻るぞ」

価値のある物が見つからなかったので、諦めて通路を戻る事になった。

だけど、僕はこの通路に違和感を覚えていた。

「資材置き場をわざわざ別の部屋にしたのは何故なんだろう?」

それだったら一つの大部屋にした方が良いだろうに。

そして部屋が通路をまたがって二つなのもおかしい。

僕は二つの部屋の間にまたがる通路の行き止まりの壁に触れ、軽く叩いてみる。

「ん?」

そして聞こえて来た音の違和感に、僕は床を叩いて違和感を確認する。

「どうした少年? 戻るぞ?」

戻る様子がない僕の行動を訝しんだロディさんが声をかけて来る。

「先に戻っていてください。すぐに追いつきますから」

「何か見つけたのか?」

「まだ何とも……あっ」

再び壁を探っていた僕は、壁の一か所が不自然にぐらつく事に気づいた。

けれど壁に隙間も無ければ突起も無い。

まっ平らな壁だ。

でも手の感触だけはそこにぐらつきを感じる。

僕がぐらつく部分を押し込むと、ゴゴゴと何かが重い音を立てて動く音が聞こえて来た。

そして次の瞬間、白い壁が横にスライドしていき、中から扉が姿を現した。

「な、なんだコレは!?」

一部始終を見ていたロディさんが驚きの声を上げる。

「何かあったのか？　……おお!?　なんだその扉は!?」

音を聞いて戻って来たリソウさん達も驚きの声を上げる。

「どうも幻惑魔法で壁を動かすスイッチが隠されていたみたいです」

物理的な壁で奥の部屋を隠し、壁のスイッチまわりだけ幻惑魔法で隠すという二重の隠蔽。

どうやらこの遺跡の主はよっぽどこの部屋を隠したかったみたいだね。

「隠し扉を発見するとは、少年は盗賊の技術にも詳しいのか？」

「その若さでどれだけの技術を学んでいるんだ!?」

「しかも神子だものね」

「……」

ロディさん達がやたらと誉めるけど、僕に技術を仕込んだ人達に比べたら、僕が覚えた技術なんて本当に大した事無いよ。

「いえいえ、僕の技術なんて所詮一流の真似事でしかないですよ。一応長期間単独行動をする事になっても大丈夫なように、生産から加工、実戦、探索、回復まで一通り一人で出来る様に仕込まれましたけど」

「「いや、それは一応とかいうレベルじゃないと思う」」

え？　そんなことないと思うけどなぁ。

一人で何でも出来るなんて、所詮は器用貧乏って奴だ。

僕に物を教えた人達も及第点だって言ってたくらいだし。

「むぅ、どうも大物喰らいとの間に認識の違いを感じるな。それだけの技術を持つなど、明らかに普通じゃあないぞ」

「少年にものを教えたのは一体どんな猛者達なんだ!?」

控えめに言って悪魔です。

碌でもない人達ばかりです。

魔法でないと碌にダメージを与える事が出来ない魔物と遭遇した時に、突然今日の戦闘じゃ魔法は厳禁な！　これも修業だ！　って言い出したり、食事に毒を盛って、さぁ頑張って解毒ポーションを作れ！　とかやってきたからなぁ。

アレは本当に酷い思い出だったよ。

慌てて魔法を使わずに魔物を倒す為に即興でマジックアイテムを作ったり、あれからどんな毒にも対応できるように万能毒消し魔法を作ったりと、二度と同じ目に合わないように必死で対策を練ったもんね。

まぁ、そんな事があったおかげで、リリエラさんの故郷の人達を救えたりした訳だから、全く感謝してない事はないですけどね。

「そんなに色んな事が出来るなんて、やっぱり神子に違いないわ！」

過去のあれやこれやの出来事を思いだしていたら、フォカさんがまた僕の事を神子なんて言っていた。

いいえ、だから僕は神子じゃないですよ。

僕の力は師匠達の無茶振りで死なない様に、文字通り必死で手に入れた努力の賜物なんですから。

本当に才能のある人達に比べれば、僕の努力なんて大したことないのに。

「それよりも、中に入りましょう」

一応探査魔法で部屋の中に魔物が居ない事を確認してから僕達は部屋に入った。

◆

「こ、これは!?」

ラミーズさんが驚きの声を上げる。

隠された部屋の中にあったのは本棚の森であり、そこには所狭しと本が埋められていた。

「ここは……書庫か!?」

そう、ラミーズさんが言ったとおり、そこは書庫だった。

「これ全部が本なのか!?　かなりの広さだぞ!?」

灯りの魔法で見た感じ、この書庫の広さは横30メートル、奥行き40メートルといったところか。

前々世の図書館の規模で言えばそれなりだね。

でもラミーズさんがかなりの広さって言ってるし、今の時代はあんまり本を読む人が居ないのかなぁ？

「隠し部屋の中身は書庫か。なかなかしゃれた隠し部屋だな」

ロディさんは口笛を吹きながら、金になりそうな本が無いかさっそく漁っている。

「これは古代語の書物か!?　ううむ、見たことの無い言語だな。私の知っている古代語ではないぞ？　となると更に古い時代の文明の遺跡なのか!?」

ラミーズさんはさっそく本棚の本に夢中になっている。

けど、Sランク冒険者で研究者でもあるラミーズさんの知らない古代語って、どんな文字なんだろう？

興味を持った僕は、棚を見て手ごろな本を探す。

「ええと、魔物の生態図鑑……これで良いかな」

適当に見つけた本を手にとって、パラパラとめくりながら読み進める。

「ふむふむ、理論的に存在する筈の魔物の王についての仮説論文かなこれは」

魔物の生態系の頂点に達する魔物、ドラゴンの天敵になりうる存在の仮説か。

古代の遺跡や現地の伝説、それに魔物の生息域を調べて、かつて存在したであろう魔物の王の存在を立証するか。

なかなか興味深い話だね。

「……」

本から顔を上げたら、何故かラミーズさんがこっちを見てポカーンと口をあけていた。

「どうしたんですかラミーズさん？」

「お前、それが読めるのか？」

え？　ああ、そういえば普通に読めたなぁ。

「ええ、読めましたよ」

「ちょっとこれを読んでみろ！」

そう言ってラミーズさんが一冊の本を僕に差し出してくる。

「ええと、魔物食材の栄養学って書いてありますね」

まぁ良くあるキワモノ研究だよね。

強い魔物肉ならきっと栄養がある筈だってヤツ。

「やはりその古代語が読めるんだな！」

いや、読めると言うか、前々世の母国語でしたので。

「あれだけの技術を持ちながら、古代文明の造詣まで深いのか!?」

リソウさんがまだ引き出しがあるのかと目を丸くしている。

「学問にも明るいなんて、やっぱり貴方は神子だと思うわ！」

しまった、フォカさんがまたその話を蒸し返してきた。

僕は神子じゃありませんからねー。

「ふっ、さすがは少年だ。だが余り隠した爪を見せ過ぎないで欲しい。ちょっとヘコむ」

ヘコまないでくださいロディさん！

「だが俺には自分を支えてくれる愛しい女達が居る！　その点では負けていないぞ！」

あ、割と元気だこの人。

「そんな事よりもこれは読めるか⁉　似ている様で文法が微妙に違うせいでこちらの本と内容がズレるのだ！　これは別言語なのか⁉　それとも私の翻訳の仕方がおかしいのか⁉」

と言って差し出された本の表紙には、同じように魔物食材の栄養学と書かれていた。

見た感じは一緒だけど……

そう思いつつも中をのぞいてみると、僕はラミーズさんの疑問がなんとなく理解できた。

「ああこれ、北部訛《なま》りで書かれた本ですね」

「古代語の……訛りだと⁉」

訛り、もしくは方言だね。

いやー、懐かしいなぁ。

昔同じ研究室で働いていた北部生まれの人と南部生まれの人の仲が険悪になって、一体何事かと思ったら、訛りが原因で会話がかみ合ってなかったって事があったんだよね。

あの時はよくいままで会話が成立していたなぁって皆でびっくりしたよ。

と、一瞬懐かしい思い出に浸っていたら、ラミーズさんがワナワナと震えていた。

「何という不覚！　確かに古代文明に国家の概念があるのなら、土地によって言葉に訛りがあるのは当然ではないか！　何故気付かなかったのだ！」

そう言うと、ラミーズさんは僕から本をひったくると床に座り込んで一心不乱に読み始める。

更に魔法の袋から紙とインクを取り出して完全に研究モードだ。

「そうか！　ならばこの文章は方言と地方訛りで書かれた文章になるんだな！　となるとこの訛りの意味は……」

本に書かれた方言の意味が分からずに、ラミーズさんが再び頭を抱える。

「えーっと……」

僕は本棚に書かれたジャンル表記を調べ、目的の本を探す。

「ああ、あったあった。ラミーズさん、こっちが標準語版みたいですよ」

僕は本棚にあった新訳の魔物食材の栄養学をラミーズさんに差し出す。

「おお！　これは古代語で書かれた本、いや標準語版か！　感謝するぞ！」

新訳版を手に入れたラミーズさんが、大喜びで二冊の本を見比べる。

「おお、分かるぞ！　分かるぞ！　そうか、これまで読めなかった多くの文字は古代文明における訛りや方言、それに外国語だったんだな！」

文字通り大はしゃぎってヤツだねー。

まぁ一般的な翻訳魔法って、相手の伝えたい事を伝える心話魔法だから、文字の翻訳だと別のジャンルの魔法になるんだよね。

僕も魔人の文字を翻訳するのに苦労したよ。

「やれやれ、天魔導があの調子では、探索どころでは無いな」

リソウさんが呆れた様子でラミーズさんを眺めている。

「まぁそろそろ良い頃合いだ。今日はこの書庫で夜を明かすとするか」

リソウさんの指示を受け、ラミーズさんとフォカさんを除いた僕達は書庫の安全を確認する。

「探査魔法で調べた結果、書庫内にも部屋の外にも魔物の気配はありませんでした」

「この目で確認してきたが、ミミックやフロアイーターの類も居なかったぜ」

「こちらもだ。こちら側の魔物が動かないのも幸運だったな」

確かに、魔物が一つ所に留まって動かないのなら、野営をする際に凄くありがたいからね。

「とはいえ、本の傍で寝るのなら火は焚けませんねぇ」

あー、そういう意味ではちょっとばかり不便かもしれないね。

多分耐火処理はされていると思うけど、もし室内で火を付けたら防犯用ゴーレムが動き出して襲ってくる危険もあるからなぁ。

僕達は携帯食で寂しい夕食を取る事にした。

「どうぞ、火を焚けないのでお湯で戻しただけのスープですけど」

僕は水魔法を応用したお湯を出す魔法で、簡単な干し肉スープを作る。

まぁ煮込む事が出来ないから、本当にお湯に突っ込んだだけなんだけどね。

「お湯を出す魔法なんて便利ねぇ。お姉さん羨ましいわ」

フォカさんはお湯を出す魔法に興味深々みたいだ。

「なんでしたら教えますよ？　回復魔法が使えるフォカさんならこのくらいの魔法、余裕で覚えられるでしょうし」

「あら良いの？　そういう珍しい魔法の知識って、とっても貴重なんでしょう？」

「いえ、この程度の魔法珍しくもないですよ。単にもっと使える魔法を覚えた方が良いからって、覚えない人もいるってだけです」

「ほう、そういうものなのか。魔法使いっていうのは、簡単な魔法から練習するものと思っていたぞ」

実は若い人は意外と生活に便利な魔法を覚えなかったりする。

わざわざ覚えるくらいなら、同じ効果のマジックアイテムを買えばすぐに使えるからだ。

寧ろそうした魔法を覚えるのは主婦や昔の人くらいだった。

「天魔導……はまだ駄目そうだな。先に食べているぞ！」

「……」

リソウさんが呼び掛けるけど、ラミーズさんは本の解読に夢中だった。

そういえば、この時代だと僕が生きていた時代って古代なんだなぁ。

普通の言葉で書かれた本が古代語扱いされるなんてびっくりだよ。

「……あっ」

と、そこで僕はある事に気づいた。

「もしかしたら……」

食事を終えた僕は、本棚に書かれたジャンルを調べてゆく。

「結構置いてある本が偏ってるなぁ」

どうもこの書庫の中身は魔物関連の書籍の比重が多い。

もしかしたらこの遺跡は魔物を研究する研究所だったのかもしれないね。

「あった」

僕が探していたのは、歴史に関する書物が収められた本棚だった。

「ここになら……」

ここになら、内大海や天空大陸の崩壊といった、前世の僕が死んだ後の歴史が書かれた本があるかもしれない。

つまり僕の知らない歴史を知るチャンスって事だ。

あいも変わらず本棚にあるのは魔物関連の歴史の本ばかりだったけれど、その中に僕が生きていた時代より後に書かれた本を発見する。

「彼方より現れた白い災厄……魔獣の王、大戦を砕いた黄金の爪？　なんか抽象的だなぁ。他の本を見てみよう」

僕は更にいくつかの本を開いて、僕が死んだ後の歴史と白い災厄とかいう存在について調べていく。

そして分かった事は……

「どうも魔人との戦いの最中に強力な魔獣が現れて、戦いがうやむやになったって事かな？」

僕は更に本を読み進めていく。

「ソレには大地に新たな海を作りし魔導の業も、天空の大地を砕きし魔人の業も通用しなかった……」

むむ？　もしかしてこれって内大海や天空大陸についての事かな？

もうちょっと客観的な視点で説明して欲しいなぁ。

なんというか、後の時代が書かれた本は、主観的な視点と言うか、妙に感情的に書かれた本が多かった。

まぁ本を書いた作者が凄く興奮していたという事は伝わって来たかな。

とりあえず内大海と天空大陸に関しては、激化する戦争が原因で生み出されたものだという事は分ったかな。

そうなると多分魔獣の森も同様の理由で生まれたんだろうね。

でも、この白き災厄ってのはなんなんだろう？

確かに白い魔物はいくつか心当たりがあるけれど、災厄とまで言う程強い魔物が居たかなぁ？

この世界のどこかに潜んでいた強力な魔物か、それとも魔人の世界から来た魔物なんだろうか？

ただこの白き災厄と呼ばれた魔物が、魔人との戦いに大きな影響を与えたのは間違いなさそうだね。

そして最後の一冊、この研究所で行われてきた研究について書かれた本の最後に、こんな記述があった。

「白き災厄、その体の一部の採取に成功した。これを用いれば、白き災厄に対抗する手段を手に入れる事が出来るだろう。そのあかつきには、魔人すらも我等の敵ではなくなる」

うーん、どうやらこの研究所の目的は、白き災厄に対抗する為の手段を模索する事だったのかな？

「キュウ？」

と、本に夢中になっていたら、足元にモフモフがすがりついてきた。

「そう言えば、お前も白い魔物だよなぁ」

けどまぁ、コイツが白い災厄の訳ないよねぇ。

だってこんなに小さいし、僕に全然かなわないんだもん。

「ガジガジ」

「あっ、こらズボンのスソを噛むんじゃない！」

「キュウン！」

ペチンと頭を叩くと、モフモフが御免なさいと腹を見せた。

うん、やっぱりコイツが白い災厄じゃないのは間違いないね。

野生の欠片も見当たらないし。

第80話　禁忌の結晶

「では行くとするか」

書庫での情報収集を終えた僕達は、再び探索を再開する事にした。

「ううむ、しかたあるまい」

といっても、ラミーズさんはいまだ後ろ髪を引かれる思いなのか、視線は今も書庫内の本達に注がれていたりするけど。

本当に根っからの研究者なんだなぁ。

まぁそうでなかったら自分から危険な遺跡の中に飛び込んだりしないか。

そんなラミーズさんをリソウさんが引きずりながら、僕達は書庫を出る。

「書庫には多種多様な魔物に関する書物があったが、キメラに関する資料も多かった。そして中庭で遭遇した巨大キメラの事を考えれば、この遺跡はキメラを研究する施設だったと考えるのが正しいだろうな」

「となれば、再び先程の様なキメラに遭遇するかもしれませんねぇ」

ラミーズさんの言葉を受け、フォカさんが少しだけ強いまなざしで中庭の方角を見つめた。

教会関係者はキメラに対して厳しいからなぁ。

でもキメラ研究って魔法医学の研究にも役立ってるから、教会関係者でも一概には否定できないんだよね。

「それよりもだ……いいか大物喰らい、魔法の袋は何があっても守るんだぞ！」

唐突にラミーズさんがそんな事を言ってくる。

というのも、僕の魔法の袋にはこの書庫で見つけたなかでも（ラミーズさん的に）特に貴重な本が何冊も入っていたからだ。

ラミーズさんの魔法の袋はもう中庭の巨大キメラの素材でパンパンになっていたから、書庫で見つけた本や資料は僕の魔法の袋に預かる事になったんだ。

そんな訳で、ラミーズさんは僕の魔法の袋が気になって仕方ないみたい。

「結局ここは只の書庫だったたな」

ロディさんが書庫の隠されていた壁に目を向けて呟く。

僕達が書庫から出た直後、壁が側面からせり出してきて、扉は再び隠されたんだ。

「確かにな、貴重な書物が多かったみたいだが、それも我等の時代では、だ。おそらく当時ならばありふれた書物ばかりだった事だろう」

ああ、研究者じゃないリソウさんやロディさんはそのあたり分かんないか。

ここに収蔵されていたのはそういう書物じゃないんだよね。

「いや、ここにあったのは本だけではない。本と共に何らかの研究の成果であろう資料がいくつも見受けられた。と言っても、研究内容に関しては残念ながら私の専門外でな、聞いた事も無いような専門用語が多くて、内容の殆どが理解出来なかったよ。そして壁の仕掛けはこれらの研究成果を侵入者に奪われない為のものだと私は考える」

うん、僕もラミーズさんの言う通りだと思う。

研究成果って基本は資料室に置かれる物だけど、大抵は外から持ち込んだ資料とごちゃまぜになるんだよね。

多分元々この部屋は研究成果を隠す為だけの部屋だったんだと思うよ。

でもものぐさな研究者達が普通に資料も持ち込んで、今の形になったんだろうね。

何故分かるのかって？　前々世の僕達がそうだったからさ！

だっていちいち資料室と書庫を行き来するのって面倒じゃない？

まぁそれでもこの研究所の防衛手段は比較的温厚だと思う。

前々世の僕が所属していた研究所だったら、隠し部屋なんてまだるっこしい事は言わず、侵入者対策という名目で喜々として新開発の研究成果を使っていたんだから。

皆、侵入者が相手なら実戦レベルの実験に最適だ、とか言ってさ。

え？　もちろん僕は温厚な手段でお帰り願ったよ。

◆

「む、この先は魔物が多いな」

探索を再開して歩いていたら、ラミーズさんが皆を止める。

探査魔法に魔物の反応がひっかかったんだろう。

ちなみに僕も探査魔法が使えるけれど、中庭のキメラの件があったから、僕は魔力を温存する様に指示された。

ラミーズさんも得意なのは大規模な魔法が多いみたいで、今回の探索では補助に徹する事にしたみたいだ。

たしかに建築物というだけでなく、ここは地下空間だからね。

あまり威力の強い魔法は洞窟が崩れて自滅する危険がある。

「魔物の群れが比較的近くに複数居る。群れの一つと戦った場合、近くに居る他の群れが援軍として襲ってくる可能性がある」

「迂回するか？」

「いや、奥に大型の魔力反応がある。無視するにはちと気になるな」

リソウさんの提案にそうラミーズさんが答える。

「大型の魔力反応という事は、遺跡の動力になっているマジックアイテムか、もしくは遺跡の主でしょうか？」

僕の言葉に、ラミーズさんも頷く。

「その可能性は高いな。おそらくだがこの奥の魔物達はそれを守っているガーディアンだろう」

「何か重要な物を守っているか、それとも……」

「この遺跡を作った古代人のアンデッドが居るかもしれんな」

リソウさんの言葉をロディさんが受け継ぐ。

アンデッド、それは死んだ人間の魂が何らかの理由で肉体から切り離されないと発生する、生きた死体の事だ。

「アンデッドか……居ると思うか？」

「寧ろ今まで一体も出てこなかった事の方が不自然だ。遺跡とアンデッドは高い確率でセットだからな」

「そうなんですか？」

正直僕はこういった朽ちた遺跡を探索した事ってあんまりないんだよね。

特別なアイテムが安置された、それを守る為の遺跡とかなら行った事あるけど、人が暮らしていた遺跡は今回が初めてなんじゃないかな？

「大物喰らいは遺跡が初めてなのか？　普通はＣランクくらいで遺跡探索をするものなんだが」

えっ!?　そうなの!?　遺跡探索ってそんなにメジャーなんだ。知らなかったよ。

今度遺跡探索してみようかなぁ。

「まぁ良い。せっかくだから教えておこう。古代の遺跡はダンジョンを除けば、基本的に人が暮らしていた、もしくは働いていた場所だ。それ故、その場で死んだ古代人の死体がアンデッドになっている事が多いんだ」

「何で死体が人の暮らす場所にあるんですか？　普通はお墓に埋葬されると思うんですけど」

古代文明というと、僕の前世や前々世あたりの時代だと思うんだけど、あの時代でも人が死んだらちゃんと葬式をしてから墓地に埋葬する。この辺りは時代が変わっても変わる事は無いと思うんだよね。

「確かにな。だが事実古代遺跡ではアンデッドとの遭遇例が多い。おそらくだが、彼等はある日突然何らかの原因で大量死したのではないかと言われている」

と、ここでラミーズさんが会話に加わって来る。

「何らかの原因ですか？」

「そうだ、人が生き残っていれば、誰かしら死体を埋葬するだろう。死体が腐敗すると虫が湧いて不衛生だし、何よりアンデッドになる危険があるからな」

うん、ラミーズさんの言う通りだね。

「となると死体がその場に放置される理由は、それどころではない事態が起きていたと考えるのが妥当だろう」

「それどころではない事態ですか？」

それは一体どんな事態なんだろう？

「そしてここが重要なのだが、遺跡で遭遇するアンデッドの数はそこまで多くない。都市遺跡の全ての住人がアンデッドになっていたら、数千数万のアンデッドの群れになって、遺跡探索どころじゃないからな」

数万単位のアンデッドかぁ、それって上位アンデッドのエルダーリッチとかの討伐対象案件だよね。

「それらの情報から、我々は古代人は何らかの、それも命に関わる緊急事態に巻き込まれ、使者を弔う事すら出来ずに逃げ出したのではないかと考えている」

成る程、確かにそう考えると遺跡に出現するアンデッドが少ないのは納得だね。

「まぁ中にはアンデッドを喰う魔物もいるので、そういった魔物に襲われて数が少なくなった可能性もないわけじゃないがな」

そこで一旦ラミーズさんが口を閉じて、リソウさんに続きを促す。

「そういう訳でな、今回の遺跡にアンデッドが一体も居ない事はちと厄介である可能性があるんだ」

「厄介ですか？」

「ああ、今回の様な何かを守護するように魔物が配置されている場所は、生活の為の都市ではなく何らかの目的を持った施設である可能性が高い。そういう場所には、知恵を持ったアンデッドが居る可能性が非常に高いんだ」

「知恵を持ったアンデッド、つまりリッチやバンパイアですね」

「そうだ」

知恵を持ったアンデッド、それはアンデッドの格を指す言葉だ。

知恵無しと呼ばれるアンデッドはその言葉通り、碌な知恵も無いのでウロウロと歩き回ったり、本能のままに目にした生き物を食べようと手当たり次第に襲いかかる存在だ。

比較的死体の綺麗なアンデッドはグールと言い、文字通り動く死体のアンデッドなんだけど、見た目が綺麗なんでうっかり普通の人間だと勘違いして襲われる事があるから注意だ。

でも死体だから、そのうち肉が腐ってゾンビになり、やがて肉が無くなってスケルトンになる。

そして骨まで風化すると、ついにはゴーストと呼ばれる霊体のアンデッドになるんだ。

やっぱりゴーストも知恵と呼べるものはなく、生前の妄執に憑かれてやみくもに人間を襲ってくるやっかいな存在だ。

しかもゴーストには肉体が無いから、エネルギー系の魔法やエンチャントを掛けた武器、あとは神聖魔法しか通用しないから尚更面倒なんだよね。

対して知恵ありと呼ばれるアンデッドは文字通り知性の残ったアンデッドの事を言う。

知性があるので、意思疎通も可能だ。

そして彼等は体との結びつきが強い事が原因なのか、死体が腐る事も無い。

そんな訳でずっとそのままの姿を維持する事から永遠の若さの象徴とも呼ばれ、過去には意図的に自分達を知恵ありのアンデッドにする研究がされたこともあった。

まぁ教会関係者は物凄く怒ったけどね。

そして、アンデッドの本能が強い知恵ありは血を求める傾向があり、そういうアンデッドはバンパイアと呼ばれ、本能が薄く血を求めないアンデッドはリッチと呼ばれる。

その為アンデッドとしては、本能に支配されないリッチの方が高位のアンデッドと認識されるんだ。

ああ成る程、そう考えると確かに遺跡が研究機関の場合、意図的にアンデッドになった関係者が居るかもしれないね。

「知恵無しなら聖女の神聖魔法で一掃できる可能性が高いが、知恵ありだった場合はやっかいな事になるな」

リソウさんがそう言うのも仕方ない。

大剣士ライガードの冒険でも、古代遺跡に潜んでいた大魔法を使うリッチによってライガード達はあわや全滅の憂き目にあったんだから。

数百、数千年を魔法の研鑽に努めたアンデッドなら、相当な強敵に違いない。

「だが知恵ありが居るかもしれないのなら、なおさら俺達が調査する必要があるだろ」

「先行調査は俺達の役割か……」

ロディさんの言葉にリソウさんが溜息を吐く。

そうだね、僕達の目的はこの遺跡の調査と、魔物が大量に出現した原因を探ることだ。

危険なアンデッドの存在があるのなら、ソレを討伐するのも僕達の仕事だ。

「しかたない、知恵ありが居た場合は交渉が出来る相手であることを祈るとするか」

「おっ、ライガードの故事ですな」

「茶化すな」

ロディさんが言ったのは、さっきのライガードとリッチの戦いの顛末だね。

圧倒的な力を持つリッチに勝てないと判断したライガードは、そのピンチを交渉で上手く切り抜けたんだ。

怒れるリッチをなだめ、彼が喜ぶ品を詫びとして差し出し、褒美として自分が求める知識を手に入れることに成功した。

そして見事凱旋したライガードは、彼が戦うだけが能ではない、知恵も回る戦士だという名声を得た。

この話から、戦士には勝てない戦いを回避する立ち回りも重要だと、国の騎士団でも教えられる様になったんだよね。

「では、魔物達を蹴散らして力源の調査を行う。目的地への到達が目的だ、無理に全ての敵を相手にする必要はない」

「では皆さん、行きましょうか」

フォカさんの言葉に皆が頷いた。

◆

反応の正体を探る為、僕達は魔物達の群れが守る通路を力ずくで通り抜ける事にした。

相手に態勢を整えさせない為に、僕達は遠距離から魔法を放つ。

「チェイスライトニングランサー！」

「フリージングランサー！」

僕とラミーズさんが放った雷と氷の槍の群れが闇の中に消えると、奥から魔物達の悲鳴が上がる。

「次だ！　ウインドアローレイン！」

「はい！　サンダーアロースコール！」

相手の姿が見えないので、確実に命中させる事は考えない。

ここでするのは遠距離から一方的に敵にダメージを与える事だ。

生き残ってやってきた敵はリソウさんとロディさんが対応する。

血を流しながらやってきたのは魔物ではなくキメラだった。

中庭のキメラに比べれば小型だけれど、やはりその外見は自然の生物ではありえない構造だ。

「ふん！」

「せいっ！」

負傷したキメラの動きは鈍く、二人は危なげなくキメラを屠っていく。

そして数分としない間にキメラ達は動かなくなった。

「進行方向の魔物の反応はなくなった。他の場所に待機している反応も動く気配は無いな」

「ふむ、前に話したとおり、自分が守るテリトリーからは動かないように躾けられているという事だな。だがまぁ、我々にとってはありがたい話か」

「ギルドからの緊急依頼だけあって、マナポーションが使い放題なのは便利だな。後先を考えずに魔法を連射できるのはありがたい」

「おかげで私の魔力も温存できますしね」

と回復魔法を使わずに済んだフォカさんが言う。

でも出番が無くて少しだけ残念そうにも見えるような気が。

「では進むとしよう」

◆

魔物達との戦いを切り抜けた僕達は、その先にあった大きな扉を越え広い空間へと出た。

しかもただ広いだけじゃない、天井の高さも相当だ。

なにしろ灯りの魔法が、天井を照らす事が出来なかったんだから。

これまでの部屋の天井の何倍もの高さがあるのは間違いないね。

一体何の為にこんなに高い天井にしたのやら。

「ここは……？」

けれどこの部屋には、それ以上に驚く事があったんだ。

「これは……キメラの研究施設か⁉」

ラミーズさんが叫んだ通り、この部屋には様々な機材が敷き詰められていた。

そして機材には円柱状の水晶が繋がっており、その中には見た事も無い形の魔物、いやキメラ達が眠っていた。

「ギュゥゥゥ……」

後ろから付いてきていたモフモフが、キメラ達の姿を見てうなり声を上げる。

けれど問題はそこじゃない。

本当の問題は、この施設が動いていた事だった。

キメラが眠っている水晶柱はうっすらと輝き、それが繋がっている機材が低い音と光を放っていた。

そしてこの施設が動いているという事は、水晶柱の中のキメラ達も生きているという事だ。

これだけ大量のキメラが目覚めて外に出たら、大変な事になるのは間違いない。

「やはり魔物の大量出現はこの施設が原因だったという事か？」

リソウさんが警戒を強めながら周囲を見回す。

僕達の目的は遺跡の調査、だけどその最終目的はリソウさんの言う通り魔物の大量出現の原因を知る事だ。

「皆さん、あれを見てください！」

周囲を警戒しながら奥へと進んでいたら、フォカさんが前方に注意を促した。

「あれは……？」

フォカさんが指さした先にあったのは、床の上に広がる布の塊だった。

「あれは……服か？　だが何で服があんな所に……いやあれは!?」

光源が灯りの魔法だけだった為、遠目から見ていた僕達は最初ソレに気づかなかった。

けれどもその服に近づいた時に、僕達はソレの全容を理解した。

「これは、古代人の……死体!?」

そこには、一人の人間の死体が倒れていた。

倒れた死体は背中から袈裟懸けに切られていて、それが直接の死因の様だった。

「いえ違うわ。これはただの死体じゃないわ。アンデッドよ」

「何っ!?」

フォカさんの言葉に皆が警戒する。

「見て、死体の肌が瑞々し過ぎるわ。古代人の死体ならとっくに骨かミイラになっている筈よ！」

確かに、言われてみればその通りだ。

この死体はまるでついさっき死んだみたいに普通の人間のようだった。

けど、だったらなんでこのアンデッドはこんな所に倒れているんだ？

このアンデッドが切られているという事は、誰か切った相手が居るのでは？

全員がそんな疑問を抱いた時だった。

「心配はいらない。ソレは既に死んでいるからな」

「「「「っ!?」」」」

暗闇の向こうから声が聞こえてきた瞬間、僕達は即座に反応して外向きの円陣を組む。

「そう警戒するな。そしてよくぞここまでたどり着いた人間達よ」

「何者だ！」

リソウさんが声を上げると、施設の奥からカツンカツンと足音が聞こえて来る。

暗闇から姿を現したのは、褐色の肌と銀の髪、そして蝙蝠の翼をもつ男、つまりは……魔人だった。

「魔人!?」

即座に反応したのはフォカさんだった。

教会の人達はこの世界に侵略してきた魔人を邪神の眷属と呼んで敵視しているからね。

とはいえ、この世界の人間にとって、突然襲ってきた魔人は教会の人達でなくても敵な訳だけど。

「魔人だと!?」

「マジかよ!?」

リソウさんとロディさんが驚きの声を上げるけれど、ラミーズさんは冷静さを失わなかった。

「ふむ、これまで巡った遺跡で魔人を滅ぼしたという記録が無かったゆえ、その可能性は考慮していたが、まさか実物を見る事が出来るとはな」

「当然だ。我々魔人が貴様ら人間如きに滅ぼされる訳が無かろう」

そう言えば魔人って、現代では伝説扱いされる程存在が確認されてなかったんだよね。

書庫で見つけた資料によると、魔人達も白き災厄と呼ばれる魔物には歯が立たなかったみたいだから、きっと脅威が去るまで元の世界に逃げ帰ってたんだろうなぁ。

「しかし、ここまで来たという事は、中庭の番犬を倒したのか。……失敗作とはいえ人間もなかなかやるものだ」

「中庭？　失敗作？　……まさか、あの巨大キメラは貴様が作ったのか!?」

リソウさんの言葉に、魔人がニヤリと嗤う。

「その通りだ、あのキメラは我が研究によって生み出された成果の一つ。制御可能な白き災厄を生み出す為の実験のなぁ！」

制御可能な白き災厄を生み出す実験だって!?

でもそれはこの遺跡で研究していた古代人達が行っていた研究の筈!?

「そうか……この研究所で行われていた研究を、研究員がアンデッドになってまで続けていた研究をお前が奪い取ったんだな！」

これでアンデッドの死体があった理由に納得がいったぞ。

「そう、その通りだ。過去の人間どもの遺跡を調査していたらここを発見してな。そこで未だに研究をするアンデッドを見つけた時にはさすがの私も驚いたぞ。しかもこのアンデッド、自分の研究にしか興味がなくてな、魔人である私がやって来たというのに、久しぶりの客人だと言ってもてなしてきたのだよ。愚かしいだろう？」

そう言って魔人は床に倒れ伏したアンデッドを指差す。

「都合が良いから研究に興味があるフリをしてみせたら、このアンデッド、頼みもしないのに色々と教えてくれたよ。そして引き出せるだけ知識を引き出したら、後はもう用済みだ。後ろから切り捨てて研究を丸ごと戴く事にした。いや人間ごときの研究が私の役に立つのだ。このアンデッドも誇らしい事だろう」

そう語った魔人の顔は、吐き気がするほど利己的な笑みを浮かべていた。

他人の手柄を奪って自分のもの扱いか、前々世を思い出して嫌な気分にさせてくれるね。

「という事は、魔物の大量出現もお前が原因なのか!?」

「魔物？　ああ、キメラの材料として用意した魔物共か。ふむ、どうやら材料の選別から洩れてキメラの餌として再利用していた魔物達が逃げだしたようだな」

大変な事を、さもどうでもよさそうに納得する魔人。

「反省の欠片もなさそうだな」

「はっ、人間ごときが迷惑を被った程度で何を反省しろと言うのだ？」

ロディさんの皮肉に、魔人が嘲笑で返す。

「だが安心するがよい。もう餌は必要ない。何故なら……」

魔人が腕を振ると、施設に灯りが灯る。

「最強のキメラはもう完成したのだからなぁ！」

「っ!?」

そして僕達は見た、魔人の後ろにひと際巨大な水晶がそびえ立っていた事に。

その巨大な水晶の威容は、何故この施設の天井がここまで高いのかを即座に理解させてくれた。

何よりも、水晶の中で眠る巨大な白色のキメラの巨軀に、僕達は釘付けとなった。

いくつもの命を継ぎ接《は》ぎして作られたにもかかわらず、色だけは統一された純白のキメラの存在に。

「さぁ！　お前達の命で以て人間世界崩壊の始まりを告げ……」

「サンライトセイバーッッッ!!」

巨大キメラの姿を確認した僕は、即座に必殺の一撃をキメラに放った。

即断即決、太陽の光を宿した聖なる魔力が、巨人の武器が如き長大な刃を生み出す。

眩い光はこの広大な空間の端まで光を届け、灯りの魔法が届かなかった天井まで輝きを伝える。

そして僕は、長大な光の刃を躊躇う事無く振り下ろした。

次の瞬間、巨大キメラは水晶柱ごと真っ二つに切断され、地響きを立てて左右に倒れて行った。

「「「「……へっ？」」」」

リソウさん達と魔人の声が重なる。

敵同士でありながら、彼等は全く同じ表情でポカーンと口をあけている。

今、何が起きた？　と。

「巨大キメラを討伐しました。後は魔人を倒して遺跡内の魔物を討伐すれば、依頼は完了ですね」

戦いは先手必勝。

正体不明の敵なら、なおさら攻撃される前に倒すのが最良だ。

それが前世で英雄として戦ってきた、僕の戦闘における最適解だった。

この空間が大型のキメラも創造できる様な大きく開けた空間だったおかげで、強力な魔法を使えたのがよかったたね。

「き、貴様ぁぁぁぁぁぁぁぁぁっ!!」

「何してくれとるんじゃ小僧ぉぉぉぉぉぉぉぉっっっ!!」

と、我に返った魔人と倒れていたアンデッドが起き上がり激怒する。

今更怒ったたって遅いよ……って。

「「「「え?」」」」

死んでいた筈のアンデッドが立ち上がった事で、思わず皆の視線がアンデッドに注がれる。

魔人までアンデッドを見ている。

「あ、しまった」

アンデッドがやっちゃったといった感じで頭をかく。

……ええと、どういう事?　魔人に倒されたんじゃないの!?

第81話　蘇る死者と怒れる魔人

「あちゃー、しまった」

魔人に殺されたと思っていたアンデッドは、なんと生きていた。

何の為にわざわざずっと死んだ振りまでしていたんだろう？

「よっと」

立ち上がったアンデッドは床に膝を突くと、そのまま寝転がって再び死んだ振りを再開する。

「……」

いやいやいや、ちょっと待ってちょっと待って。

「なに死んだ振りをやり直してるんですか!?　今更遅いですって」

「ちっ」

指摘されたアンデッドが舌打ちしながら起き上がる。

いや、ちって貴方……

「というか、死んでたんじゃなかったのか？」

「そ、そうだ！　お前は私が背後から切り殺した筈だぞ！」

ロディさんの疑問に、魔人が我に返ったように叫ぶ。

「バァカめ。自分の研究の成果が目の前にあるというのに、そんな簡単に死ぬアンデッドがいるか」

まぁアンデッドの言い分も分からなくはない。

アンデッドといえば、執着や怨讐によって現世にしがみつく存在だからね。

彼がこの遺跡で研究していた職員のアンデッドだというのなら、目の前に特大の心残りがあれば死ねないのも当然だ。

「だがそれなら何故死んだ振りなど？　魔人に研究を奪われるなどそれこそ許せる事ではないのではないか？」

「その通りだ！　なぜ逃げもせずわざわざここで倒れたままだったのだ!?」

というか、魔人が敵である僕達の言葉に同調するって変な光景だなぁ。

「うむ、じっと動かずにいるのは結構きつかったぞ」

「いやそういう事を言いたい訳ではなくてな……」

「じゃが実は毎日ポーズを変えておったのじゃぞ。気付かれない様に少しずつ体を動かして、今では最初にお前に切り殺された時とはまるで違うポーズになっていたのじゃ！　どうじゃ、気付かなんじゃろう！」

「な、何だと!?」

うん、それこそどうでもいい事だと思うんだけどなぁ。

「って、そんな事はどうでも良い！」

あ、我に返った。

「結局お前は何故私に殺された振りをしていたのだ!?　一体何を企んでいる!?」

うん、それは僕も気になる。

なぜ大事な研究を魔人に奪わせる様な真似をしたんだろう？

「……よかろう。教えてやろう」

アンデッドの声が低くなり、場に緊張が走る。

「「「「「……」」」」」

「この研究所がキメラの、そしてかつてこの世界を脅かした白き災厄について研究している施設だという事は既に知っておろう」

アンデッドが手をかざして周囲のキメラ達を指し示す。

「そして我等は多くの犠牲を払いながらも白き災厄の欠片を手に入れた。我等は狂喜した。これで白き災厄の研究は飛躍的に進むと。だが研究は容易ではなかった。暴走したキメラによって命を落とす仲間達も少なくなかったからだ。魔術による延命にも限界がある。儂と同じようにアンデッドとなってまで研究を続けた者も居たが、皆次第に未練を無くしていき、遂には儂一人となった」

アンデッドは過去に思いを馳せる様に俯く。

「だがその苦難の果てに、儂は遂に白き災厄の欠片を利用して作ったキメラを服従させる研究を完成させるに至ったのじゃ！　そしてあとは実際にキメラを作るのみという所まで来たその時じゃった」

アンデッドの動きが止まる。

そしてギリギリと身を震わせる。

「儂は……実験を行えなかった」

「何故ですか？」

「それはの……」

アンデッドが彼方を見るかのように視線を上に向ける。

「それは？」

「……もったいなかったからじゃ！」

「「「「……は？」」」」

えーっと、どういう意味？

「これまで白き災厄の欠片を使用したキメラの実験は、一つの例外なく暴走して失敗してきた。そしてその度に欠片は失われてきたのじゃ！　そして残す欠片は実験一回分となった。……そんな、そんな物を使ったらもったいないじゃろうが！」

「「「「はぁーっっっ!?」」」」

何それーっ!?　もったいなかったから実験したくなかった!?

そんなの本末転倒じゃないか！

「……分かる」

え？　分かっちゃうんですかラミーズさん？

「希少な品は使わずにコレクションしたくなるもの。とても良く分かるぞ」

「おお、分かるか若いの！　そうじゃよなぁ、使いたくないのは当然じゃよなぁ！」

何故かラミーズさんとアンデッドが意気投合を始めちゃった。

「とはいえ、儂の心残りはこの欠片を使って我等の研究を完成させる事。何とか踏ん切りをつける事は出来ぬものかと困っておった。そんな時じゃ、あやつが現れたのは……」

そう言ってアンデッドは魔人に顔を向ける。

「な、何!?」

魔人が、え？　俺？　みたいな感じで動揺する。

「儂は天啓じゃと思った。この魔人に白き災厄の欠片を使わせようとな。自分で使えないのなら、他人に使わせる事で踏ん切りをつけようと思ったのじゃ！　その為に儂は自らの研究成果を惜しげもなく教え、魔人が自ら白き災厄の欠片を使う様に仕向けたのじゃ！」

それってつまり、このアンデッドが全ての原因だったって事？

「とはいえ、やはりもったいないものはもったいない。正直なんど後ろから攻撃して止めようと思った事か……」

うわぁ……この魔人、もう少しで自分がやったのと同じ事をアンデッドからされる所だったのか。

それはそれで因果応報だけど。

「お、お前はそんなくだらない理由で私に自分の研究を奪わせたと言うのか!?」

「だってもったいなかったんだもん！」

「だもんじゃねぇよ……」

ロディさんが呆れた口調でツッコミを入れる。

「まぁしかし、やらせてみたのは良かったんじゃが、正直言ってあまりにもお粗末な作業でのう。とても見ていられれん手際じゃったから、寝ている間に儂が調整とかやり直しておいたんじゃよ」

「な、なんだとぉーっ!?」

「いやー、ほんっと危なっかしくてのう、危うく貴重な素材の数々を無駄にされる所じゃったぞ」

「っっっっ！」

うっわー、好き放題言われているよ。

あの魔人のプライド、今頃ボコボコなんじゃないかな？

「じゃがおかげで白き災厄の素材を使ったキメラの製作を行わせる事が出来た。出来はいまいちじゃったが、まぁご苦労様……と言いたい所だったんじゃが」

と、そこでアンデッドがこちらに向き直り、僕達を、いや僕を睨みつけてくる。

「折角出来上がったキメラを戦いもせずに殺してくれおって、とんでもない悪たれ小僧じゃ！　これはお仕置きが必要じゃろうて」

「それって八つ当たりじゃないかしら？」

「寧ろ貴様の魔人の監督不行き届きで地上は大変な事になっていたんだぞ！」

フォカさんやロディさんが抗議するけれど、アンデッドはどこ吹く風といった様子だ。

「ふん、儂の研究が成就する方が大事なんじゃ！」

まったく、キメラを倒したと思ったらこれだ。

本当に迷惑な研究者だなぁ。

アンデッドと僕達は一触即発の空気になる。

「い、いいい加減にしろ貴様等ぁぁぁぁぁ！　たかが人間とアンデッドごときがこの私を無視しおってぇぇぇ！」

あ、放置されていた魔人が怒った。

いやまぁ怒って当然……かな？

◆

「キメラ共！　コイツ等を皆殺しにしろぉっ！」

魔人のヒステリー気味な号令に従い、水晶の中で眠っていた十数体のキメラ達が目を開き、水晶を砕きながら飛び出してきた。

「まぁ、怒る気持ちは分からんでもないがな」

怒りに燃える魔人に対し、俺は双大牙を構えて迎撃態勢に入る。

キメラ達は目に獰猛な輝きを灯しながら、俺達に飛び掛かってくる。

やれやれ、大物喰らいがデカブツキメラを倒してくれたというのに、まだピンチが続くみたいだな。

「迎撃するぞ！」

「了解だ、双大牙の旦那！」

俺達はそれぞれが武器を振るって、襲い来るキメラ達の迎撃を始める。

「グォォウ！」

「うぉっ!?」

予想以上の速さで飛び掛かって来たキメラの爪を何とか白牙で受けるが、予想をはるかに超える力に押し込まれてしまう。

「ぐぅ！」

まともに受けたらとても耐えられないと判断した俺は、体を半回転して受けた爪を流す。

クソッ、白牙の力が使えればな。

だがあいにくと白牙も黒牙もマジックアイテムとしての力は、中庭のキメラとの戦いで使い切ってしまっている。再度力が使える様になるには数日の時間が必要だった。

「くくく、このキメラ達は白き災厄の欠片を使ったキメラの随伴として作った高位キメラだ！　中庭の出来損ないとは訳が違うぞ！」

「何だと!?」

俺の脳裏に中庭で戦ったあの不気味なキメラの姿が思い出される。

今水晶から現れたキメラはどれも2メートル前後。

だというのにコイツ等はあの巨大キメラ以上の力を持っていると言うのか!?

白牙と黒牙の力が使えない状態でどこまで戦える？

それだけじゃない、キメラ達を倒したとしてもその後ろにはあの魔人が居る。

魔人、伝説にしか語られない人間の敵。

そんな伝説級の化け物と戦うには、あまりにも準備が足りない。

だが、やるしかない。泣き言を言うのは後だ！

「聖女、天魔導、魔法での援護を頼む！　俺と晴嵐とアンデッドでキメラを倒す」

俺は即座に指示を出しながら大物喰らいに視線を向ける。

鍵はコイツだ！

「大物喰らい、お前は魔人を頼む！」

「え？　僕がですか？」

自分が指名された事で大物喰らいが驚きの声を上げる。

もっとも手ごわいであろうボスを新参の自分が相手をして良いのかと言いたげだ。

「この中で最も強いのはお前だ！　俺達はお前の援護に徹する！」

そうだ、素直に認めるのは癪だが、コイツは強い。

俺が腕の一薙ぎでやられかけた様な巨大キメラを一撃で倒した。

それどころかここまでの道中でもアイツが活躍しなかった場面は無かった。

間違いなくコイツは強い。

今までだって野には多くの猛者が隠れていた。

その中でもコイツは別格中の別格だ。

英雄という存在がいるとすれば、コイツの様なヤツの事を言うのだろう。

コイツならば、魔人にだって勝てる筈だ！

「……分かりましたリソウさん！　僕に任せてください！」

決意をした大物喰らいが魔人に向かって駆け出す。

そうはさせるかとキメラ達が立ちはだかるが、大物喰らいはその攻撃を難なく避けて魔人の下へと突き進む。

よし、これで少しは勝ちの目が見えてきたぞ。

キメラに指揮を出す魔人を倒せば、キメラ達の指揮が乱れて隙を見せるだろう。

あとはそれまで何とかキメラ達をしのげれば……

「ところで儂も一緒に戦うのか？」

アンデッドがのんきな口調でこちらに問いかけて来る。

「どのみち魔人からは敵とみなされているんだ、だったら手を貸せ」

「ふむ……」

アンデッドは顎に手をやると、わずかに考え込む仕草を見せる。

「敵の敵は味方という奴か？　まぁ良いじゃろう。出来の悪いキメラを見せびらかして良い気になっておるのは、見ていて気分が良くないからのう」

「ほざけアンデッド！　我がキメラに貪り喰われて今度こそ死ね！　キメラ共、そこのアンデッドを噛み砕け！」

これはありがたい。

キメラ達の標的がアンデッドに集中した。

さんざん自分をこき下ろしてくれた相手だものな。真っ先に倒したい事だろうさ。

「やれやれ、儂は荒事は苦手なんでな。野蛮な事はお前さん達に任せるよ。ハイエリアエンチャントブースト、ハイエリアプロテクション、ハイエリアマナブースト」

アンデッドが連続して魔法を発動させると、俺達の体が三度強い光に包まれる。

「グォウ!!」

と、そこに間髪を容れずキメラが飛び込んで来た。

「くっ！」

俺は黒牙でキメラの攻撃を受け流すべくその爪を受ける。

その時だった。

「何!?」

なんとキメラの爪を受けるどころか、その腕が俺の黒牙に沿って真っ二つに切れたじゃないか。

「うぉ、何だコレ!?」

見れば晴嵐もその剣でキメラの足を真っ二つに切り裂いていた。

一体何が起こったのかと俺はアンデッドに向き直る。

なにかあるとすれば、さっき俺達を包み込んだ魔法の光だ。

「ほっほっほっ、お前達に補助魔法を掛けた。これでキメラ程度ならなんとでもなるじゃろうて」

「これが補助魔法だと!?」

古代にはこれ程の魔法が存在していたのか!?

「グァオウ!!」

再び襲ってきた別のキメラの攻撃を、俺は合わせる事無く切り払う。

アンデッドの言葉通り、俺の攻撃はキメラの体をバターの様に切断する。

「成る程、確かにこれならいけるか」

「エアランサー!!」

天魔導の魔法がキメラの胴体に風穴を開ける。

「魔法を強化する補助魔法だと!?　古代にはこんな魔法まで存在していたのか!?」

「ホッホッホッ、まぁこんなものじゃよ」

天魔導が何に驚いているのかはよく分からんが、ともあれこれはありがたい援軍だ。

ただまぁ、大物喰らいが魔人を倒した後にどうなるかが怖いがな。

なんとか穏便に交渉出来れば良いのだが。

ともあれ、今は目の前の敵に集中しなければ。

頼むぞ大物喰らい。

俺はキメラを倒しながら、駆け出した大物喰らいの背中を見送った。

◆

「たぁぁぁ！」

行く手を遮るキメラ達を避けて切り捨て叩き伏せ、僕は魔人の下へと向かう。

何故かリソウさんは僕に元凶である魔人を倒せと言った。

でも何故だろう？

あの魔人がすべての元凶なら、皆で協力して戦うべきなのに。

正直邪魔をするキメラ達も大した敵じゃない。

警戒するべきは魔人だけだ。

……もしかして、これもSランク冒険者として相応しいかのテストだったりするのかな？

この洞窟に来る前、王都からの移動中に襲ってきた魔物を相手にした時、リソウさん達は僕にSランクとして相応しい所を見せてくれって言った。だったらこの戦いも、ううん、この依頼もその為のテストなんじゃあ……

でなければ新入りのSランクである僕に大事な役割は任せてくれる筈ないよね？

「ん？　という事はもしかして中庭でキメラ相手に苦戦したのも演技だったのかな？」

成る程そういう事だったのか！

よくよく考えてみれば、最強の冒険者であるSランクの皆があんなキメラに苦戦する筈が無い。

きっと皆はわざと実力を見せない様に戦っていたんだ。

この依頼自体が最初から、僕がSランクに相応しい冒険者かどうかのテストとして用意されたものなんだ！

Sランクは最強の冒険者、だとすれば昇格したからと言ってSランクに相応しいと認められるとは限らない。

それだけSランクの冒険者っていうのは責任のある立場なんだね！

「これで納得がいったぞ！　つまりリソウさん達は、魔人程度一人で倒してみろって言ってるんだ！」

僕が前に出ると、魔人が後ろに下がり、キメラ達が壁になる様に立ちふさがる。

だけどこの程度のキメラは僕の敵じゃない。

僕は向かってきたキメラ達をまとめて切り捨てる。

「ヴォォウ!!」

キメラの群れを倒した僕の隙を突こうと、物陰からキメラが飛びだしてくる。

「ギュウウン!!」

けれど僕の後ろから飛び出したモフモフがキメラに飛び掛かって迎撃する。

「ギャウン!!」

憐れキメラは地面に叩きつけられ、モフモフのご飯となった。

「クッ、キメラ共が足止めにもならんだと!?　貴様一体何者だ!?　あとその白いのは何だ!?」

「ただの冒険者だよ！　そしてこっちはペットのモフモフだ！」

僕は向かってくるキメラ達をモフモフに任せ魔人に飛び込む。

しかしここで魔人がニヤリと笑みを浮かべる。

「キメラ達よ！　私の鎧となれ！」

後ろに飛び退った魔人にキメラ達が飛びついて群がる。

そして群がったキメラ達の体が変形して魔人の体を包み込み、生物的な鎧の姿となった。

これは確か……

「な、なんだありゃ!?」

「おお、ありゃアームドキメラじゃな」

ロディさんの驚く声に、アンデッドが説明する。

「おいアンデッド！　アームドキメラとは何だ!?　あんなキメラは聞いた事も無いぞ！」

そしてロディさんが好奇心を隠せない声でアンデッドを問い詰める。

「アームドキメラとは、自らが武具となって主を飛躍的に強化する生きた武器の事じゃ。色々と問題も多いが、アームドキメラによる圧倒的な強化はそれを補ってあまりある性能じゃ。このキメラ共に苦戦するお前達ではとても相手になるまい」

「そんなキメラが存在したのか!?　だが何故現代ではそのキメラについての記述が残っていないのだ?」

戦闘中なのにマイペースだなぁラミーズさん。

「こりゃまいったの。あの小僧も白き災厄の欠片を使ったキメラを倒した事からそれなりの実力をもっておるのじゃろうが、それはあくまであのキメラが動き出す前だったからじゃ。アームドキメラを装着した魔人が相手ではとても勝ち目はあるまい……こりゃ逃げた方が良いかの？」

「そんなにマズイ状況なのか!?　くっ、大物喰らい！　一旦下がれ！」

リソウさんから戻る様に指示が入るけど、それを遮る様に普通のキメラ達が僕の退路を塞ぐ。

「ふっ、白き災厄の欠片を用いたキメラを倒した貴様であろうと、全身にアームドキメラを纏ったこの私が相手では勝ち目は無いぞ！　仲間からの援護を受けられぬ位置まで突出した自分の迂闊さを呪うが良い！」

どうやら魔人が下がったのは僕を誘い出す為だったみたいだ。

それにしても魔人がアームドキメラを使うとは驚きだなぁ。

「死ね小僧っ！」

魔人が右腕を突きだすと、腕に融合していたアームドキメラの口から大量の魔力弾が吐き出される。

「あのように、アームドキメラによる魔法攻撃はドラゴンのブレスと同じで呪文を必要とせんのじゃ。一種の無詠唱魔法じゃな」

「おお！　無詠唱魔法！」

「お前等そんなことを話している場合か！」

後ろで聞こえるラミーズさん達のコントを聞き流しつつ、僕は魔人の放った魔力弾の雨を回避していく。

「無駄だ無駄だ！　この魔力弾の雨を回避しきる事など不可能だ！」

魔人の言うとおり、魔力弾の雨はどんどん密度を増していき、避ける隙間もなくなっていく。

「しょうがない、マナプロテクションブースト！」

僕は身体強化魔法で魔力防御を強化して魔力弾の雨の中に飛び込む。

「ふはははっ！　遂に諦め……」

「ああ、ありゃいかん、早く逃げんと……」

「って、なにぃ!?」

魔力弾の雨の中、身を守る事すらせずに駆け抜けてくる僕に魔人とアンデッドが驚きの声を上げる。

「バ、バケモノか貴様!?」

「バケモンかあの小僧!?」

「失敬な。普通の冒険者だよ」

「「どこが普通だぁぁぁ！」」

「「「うん、わかる」」」

なにか後ろから同意の声が聞こえた様な気が……まぁいいや。

「くっ！　だが私の速さについてこられるかな！」

魔人が脚に融合したアームドキメラによって強化された脚力で、広い施設の壁を跳躍してかく乱しようとする。

「な、なんてスピードとジャンプ力だ!?」

「これがアームドキメラの力なの!?」

その瞬間、施設内が暗闇に包まれた。

「照明を消しおったか。今度こそダメじゃな」

視界が闇に包まれる中、魔人の声が響く。

「死ねぇぇぇ！　小僧ぉぉぉぉ!!」

僕は最小限の動きで魔人の右腕から伸びたアームドキメラの刃を回避し、半歩足を踏み出して剣を突き出した。

腕にズブリと鈍い手ごたえを感じる。

「ゴフッ!?」

暗闇の中、魔人の声が聞こえる。

「灯りよ、灯れ」

アンデッドが声を上げると、再び施設に光が灯った。

そして目の前には、僕が突き出した剣が深々と突き刺さった魔人の姿があった。

「バ、バカな……、何故暗闇の中で私の攻撃を避ける事が出来た……？　それどころか……反撃してアームドキメラの鎧に身を守られた私の体を貫くだと……!?」

魔人が信じられないといった目で僕を見つめて来る。

「答えは探査魔法さ」

「探査……魔法だと!?」

「そう、僕は施設が暗闇に包まれた瞬間に探査魔法を発動させてお前が来る方向を、そしてお前が腕のアームドキメラから刃を生やしたのを感知したんだ。後はその反応を回避しただけさ」

魔人が驚愕に目を見開く。

「馬鹿な……あの一瞬で即座に探査魔法に切り替え、アームドキメラの形状の変化まで察知したと言うのか!?」

「更に言うと、アームドキメラは使用者の魔力をバカ喰いするんだ。だから運用する時には核石……いや魔石を大量に与えるなりして外部から魔力を吸収しないと装着者はすぐに魔力切れになるんだよ。お前は自分でも気づかないうちに魔力を使い過ぎて動きが遅くなっていたんだ」

そう、それがアームドキメラがメジャーな兵器にならなかった理由だ。

それに生き物だからね。メンテナンスも大変だからそういう意味でもコストが掛かった。

それならメンテが楽なマジックアイテムの方が需要があるってものさ。

幾ら魔人が人間以上の高い魔力を持っていたとしても、全身にアームドキメラを装着しては魔力の消耗は半端じゃない。

もしこの魔人がアンデッドから奪ったキメラ研究を真剣に研究していたら。せめて書類だけでも読み込んでいたら、その事に気付いてちゃんと対策出来ていただろうに。

「あとは勝利を確信したお前の隙を突いてカウンターを合わせただけさ」

そう、ただそれだけのシンプルな反撃だった。

「クク……、まるで容易い事の様に言ってくれる……ゴプッ」

魔人が口から血を吐いて崩れ落ちる。

「うっわ、なんじゃあの小僧。やっぱりバケモンじゃないのか!?　生身でアームドキメラに身を包んだ魔人を倒してしまったぞい」

「おいおい、デタラメな補助魔法を使ったアンタが言うのかよ」

「メッチャ言うわい。あんなん普通の人間には無理じゃい。どんだけ戦い慣れとったら即座に探査魔法に切り替えて、暗闇の中で躊躇無くカウンターなんか撃てるんじゃ。儂じゃったら暗くなった時点で速攻死んどるわい」

「アンデッドなのに死ぬのか……」

なんか後ろで好き勝手言われてるなぁ。

「ともあれ、これで終わりですね。リソウさん、魔物の大量出現の原因である魔人の討伐が完了しました。確認をお願いします」

「あ、ああ……よくやってくれた」

振り返ればリソウさん達も無事キメラの討伐を終えていたみたいだ。

怪我もほとんどないし、やっぱり中庭のキメラの件は僕の実力を測る為の演技だったみたいだね。

さすがSランク冒険者の先輩達だ、全然気づけなかったよ。

九章おつかれ座談会・魔物編

ハイトロール	(:3) レ∠)_「群れで来ました。焼き切られて香ばしい匂いがしております」
ヘルバジリスクの毒	(:3) レ∠)_「どうも猛毒を持ったレア魔物の毒です。本体はいずこ?」
アントラプター	(:3) レ∠)_「アリじゃないよ恐竜軍団です。氷漬けになりました超寒い」
ハイトロール	(:3) レ∠)_「おいなんか今変なのが混ざってなかったか?」
ヘルバジリスクの毒	(:3) レ∠)_「むしろ居ないんだよなぁ」
アントラプター	(:3) レ∠)_「とうとう攻撃手段まで喋り出した……」
ヘルバジリスクの毒	|^・ω・)/「無機物はもう喋ってますし、生物の分泌物が喋っても何も不思議ではないのでは?」
魔物の本体達	ヽ(゜Д゜)ノ「「「不思議だよっ!!」」」
ハイトロール	(:3) レ∠)_「というか集団が多いな」
アントラプター	(:3) レ∠)_「単体の強さで挑んでも勝てないからね」
ヘルバジリスクの毒	(:3) レ∠)_「集団で挑んでも勝てなかったけどね」
ハイトロール	(:3) レ∠)_「どうやったらアレに勝てるんだよ」
遺跡の魔物	(/・ω・)/「拠点で待ち構えてはどうだろうか?」
巨大キメラ	(/・ω・)/「他の生物の特徴を取り込もうぜ」
魔人キメラ	(/・ω・)/「最強生物の力とかお勧め」
魔人	ヽ(゜Д゜)ノ「全部失敗したよ!」
魔物達	(:3) レ∠)_

第10章

第82話　新たなる白き災厄と救いの光

「なんという事じゃ。まさかアームドキメラによって強化された魔人を倒すとは……」

アンデッドとなって数百年（くらい）の長きを生きて来た儂じゃが、この様に強力な力を持つ者を見たのは生まれて初めてじゃ……もう死んどるけど。

あとアンデッドになってから外出たことないけど。

アームドキメラは宿主を飛躍的に強化させる非常に強力なキメラ。確かに魔力を大量に消費する事から、今回の戦いでは半ば魔人の自滅にも近い結末となったが、それでも戦いが始まった直後では魔人の魔力には十分な余裕があり、アームドキメラの力を十全に発揮しておった筈じゃ。

だというのに、あの小僧は圧倒的な力量差で魔人を瞬殺しおった。

その姿はまるで、かつて存在したと言われる伝説の『英雄』を思わせたほどじゃ。

伝説に曰く、山ほどの魔物を砕き、海底深く隠れた魔獣を貫き、天空の彼方に逃げた魔物を一矢で仕留めたと謳われた『英雄』を。

今も実在するとすれば、この小僧の様に出鱈目な存在だったんじゃろうなぁ……

いやさすがにそんな出鱈目な存在がそうポンポンと現れる訳が無いか。

それよりも儂にはするべき事があるではないか……

そう、魔人が作りだしたキメラから白き災厄の欠片を回収し、この場から、あの小僧から逃げだすという重要な役目が。

あの小僧は躊躇いなく白き災厄の欠片を宿したキメラを切り捨てた。

魔物の大量出現の調査にきたという事からも、儂の研究を容認する可能性は低い。

じゃがこの研究は儂が、儂等が人生を捧げてまで続けてきた大事な研究じゃ。

絶対に邪魔されるわけにはイカン。

幸いあの小僧は倒した魔人の方に意識が集中しておる。

今の内に白き災厄の欠片を回収じゃ！

儂は目立たぬようにそっとキメラの下へと向かった。

そして、見てしまった。

白きなんか良く分からんモフモフした生き物が、キメラを貪り喰らっている光景を……

「ってなんて事してくれとるんじゃぁぁぁぁぁぁっっ!!」

お前ぇぇぇぇぇ！　なに勝手に食っとるんじゃぁぁぁぁ！

しかも核になる心臓部を真っ先に喰うとか何考えとるんじゃぁぁぁぁぁ！

真っ二つに切られたから美味しそうなところを選んで喰ったとか言いたいんかぁぁぁぁぁっっ!!

儂は好きな物は最後に食う方なんじゃぁぁぁぁぁぁ!!

「ん、どうかしました?」

しまった! 小僧に気づかれてしもうた!

こうなったら急いで白き災厄の欠片を……

その時じゃった。突然目の前の白いモフモフが不気味なうめき声を上げだしたのじゃ。

「ギュヴヴヴッ!!」

「こ、これは一体!?」

目の前のモフモフの体がみるみる間に膨れ上がり、なんと巨大な魔獣の姿へと変化していった。

その巨大さたるや、魔族の作り出した白き災厄の欠片を宿したキメラ以上の大きさじゃ!

「なっ!?」

儂は驚いた。

大きくなった事にではない。

変わり果てたその姿に、その忌まわしき姿に見覚えがあったからじゃ。

「ば、馬鹿な、その姿は……っ!?」

間違いない、この姿はまさしく白き……

「ヴァァァオオゥゥッッッ!!」

魔獣が雄叫びを上げて小僧に飛び掛かる。

「い、いかん！　逃げろ小僧！」

思わず小僧に声をかけてしまったが、既に魔獣は小僧の目と鼻の先。

魔人を倒して気を抜いている小僧ではその攻撃を避ける事など到底かなわぬ。

ゴキャリッ!!

聞くに堪えない凄惨な音が響く。

なんという事じゃ、魔人を相手に互角以上の戦いを繰り広げていたあの小僧が、こうもあっさりと……

いや、それも当然か。相手はあの白き……

「びっくりしたなぁ」

びっくり、した……？

あれ？　今聞こえる筈の無い声がした様な気がしたんじゃが？

「お前モフモフだよね？　大きくなったなぁ、成長期？」

そんな訳あるかい！

儂は思わず口に出しそうになったツッコミをかろうじて呑み込む。

だがどういう事なんじゃ!?

何故小僧の声が聞こえる!?

まさか小僧の幽霊!?　いやお化けは儂の方なんじゃが。

「ギュ……ギュウゥゥゥ!?」

そして魔獣の顔がみるみる間に青くなっていき、ガクガクブルブルと震え始める。

そして次の瞬間、魔獣の巨体が猛烈な勢いでひっくり返った。

な、何が起こっておるんじゃ!?

「ギューンギューン!!」

信じられん事に、魔獣は怯えた獣の様に腹を見せ、あまつさえ許しを請う様に尻尾を振っておるではないか。

よく見ると魔獣の顔面は何かにぶつかったかのように見事にへこんでおった。

そして魔獣の向こうには、あの小僧が拳を突き出した姿勢で魔獣を見おろしておったのじゃ。

まさかこの魔獣、あの小僧の拳一つでひっくり返ったというのか!?

あ、ありえん！　一体あの小僧は何者なんじゃ!?

そしてあの小僧は何故この魔獣を連れておったのじゃ!?

今も魔獣は小僧に媚びる様に尻尾を振ってすり寄っておる。

あれほどの巨体と力をもってしてもあの小僧には勝てぬというのか!?

お前が、白き災厄の末裔が!?

「まさか……そう、なのか？」

その時儂はある一つの結論に至った。

あの小僧とこの魔獣の関係。

それは儂らが目指した夢が実現した姿なのではないのか？

すなわち、あの白き災厄を人の手で従えるという事。

「なんという事じゃ。儂が何百年（くらい）もの長きにわたって地下に潜っていた間に、地上の人間は白き災厄を従える事に成功しておったのか……」

我ながらなんとも愚かしい事よ。

よもや自分達の悲願が既に叶っている事も知らずに研究を続けていたとはな。

「あの小僧は儂と同じ、白き災厄の眷属を操る術《すべ》を身に付けておったのじゃな」

ふ、ふふ……あの恐ろしい魔獣が人の小僧に腹を撫でられて尻尾を振っておるわ。

成る程、あそこまで魔獣を従順に従えさせる事が出来るのであれば、儂の研究成果などとるに足らぬ児戯という訳か。

そうこうしておったら魔獣の体がみるみる間に元の大きさに戻っていった。

おそらくはあの魔獣が取り込んだ白き災厄の欠片の力が失われたからであろう。

あっ漏らしおった。

コリャ、誰が床を掃除すると思っておるんじゃい！

だがしかし、ここまで見事に従わせられては嫉妬も出来んわい。

「むっ？」

ふと、体の感覚が希薄になっていく事に気づいた。

同時に今まで必死にしがみついていた執着が驚く程どうでも良くなってきた事にも気付く。

ああそうじゃな、目の前には儂等が目指した理想の到達点がある。

ならばもう、生に、研究にしがみつく理由もないか。

我等は、人は、白き災厄の脅威に怯えずに生きていく事が出来る様になったのじゃからな……

『ようやくこっちに来る気になったか』

「っ!?」

その時、肉体から解き放たれつつあった儂の耳に聞こえる筈の無い声が響いた。

『まったく、待ちくたびれたぞ』

間違いではない、確かに聞こえる。

あの懐かしい声が。

『ホント、所長は放っておくといつまでも働き続けるんスから』

声は一人ではなかった。

「……なんじゃお前等、揃って儂が帰るのを待っとったんか」

『これが終わったら一杯ひっかけてくんでしょ所長？』

「うむ、そうじゃったな……」

光が見える。

そしてその光の先には懐かしい顔ぶれが待っていた。

「久しぶりに、派手に騒ぐとするか」

『ああ、それが良い。彼女も待っているぞ』

「おお……」

懐かしい顔ぶれの奥から現れたのは、儂が助ける事の出来なかった大切な人だった。

『お帰りなさいあなた。さぁ、皆で一緒に帰りましょう』

「うむ、うむ……本当に待たせたなぁ」

そうか、お前も……待っていてくれたんじゃな。

ああ、これでようやく全ての未練が無くなった。

小僧、感謝するぞ。

お前のお陰で儂は全てのしがらみから解放された。

「あれ？」

小僧が成仏しかけている儂の存在に気づく。

そして驚いた顔でこちらに駆けて来た。

「面倒をかけたな小僧。じゃがもう心配せんで良い。最早この地上に儂の未練は……」

「ちょっと待ったー！」

その時、小僧の手が肉体から解放されかけていた儂の霊体の脳天を掴んで、無理やり肉体に引き戻した。

『『えぇぇぇーーーーーぇー!?』』

肉体に引き戻されて仲間達の声が一気に遠くなる。

「ガフッ!?　ちょっ、儂今昇天しようと思っとったんじゃよ!?　普通邪魔しなくない!?　っていうか今どうやって邪魔したんじゃ!?」

「別に昇天しても良いですけど、ちゃんと詳しい説明を責任者の方にしてからにしてください」

「何じゃそれー!?　そんな事で儂の成仏を邪魔したんかー!?」

「いいから、ちゃんと、今回の事件の説明をしてから昇天してくださいね！」

「とほほ、とんでもない小僧に関わってしまったのう……」

こうして儂は成仏の機会を阻止されたばかりか、小僧に引きずられていずこかへと連れていかれる事となったのじゃった。

お前達、もう少し待っててくれよー。

◆

クハハハハッ、素晴らしい！　素晴らしく力が溢れて来るぞ！

我の前に現れた歪な魔物をご主人が倒した時、我はその内に眠る何かに強く惹かれた。

そして獣の内に眠っていた【何か】を喰らった途端、我の体内に凄まじい力が巡ってきた！

この力、そこに転がっている羽付きなど比較にならぬほど素晴らしいぞぉぉぉぉ!!

そしてこの力を取り込んだ事が原因なのか、我の体がみるみる間に成長していくではないか!?

素晴らしい！　この体、これまでの我の数十倍の力を秘めているぞ！

いや違うな、これこそが我の真の力なのだ！

この獣の肉は我の力を目覚めさせるきっかけに過ぎなかったのだ！

ふはははははっ！　これならばご主人、いや人間の小僧などもはや恐るるに足らず！

我が血肉となるがいいわぁーっっ!!

「※※※!?」

ベチン!!

ギャアアアアアアアッ!?

凄まじい威力のカウンターが我の眉間を襲った。

凄く痛い！　とても痛い！　もうホント痛い！

「※※※※※※※※※※」

あっ、ヤバイ、ご主人が怒ってる。分かる、超怒ってる。

は、腹見せっ！　腹見せですよ！

ほーらご主人、我ご主人に叛意《はんい》なんてありませんよー。

超従順ですよー。
ワッシャワッシャ。
オフンッ、あっ、そこ良い！　めっちゃ気持ちいい！　もっと撫でて！
キュフゥ、キュフゥン……
何とか底抜けの愛らしさをアピールする事で我はご主人の怒りを鎮める事に成功した。
と、その時であった。

ぷしゅぅぅぅぅ……

あ、あ、力が抜けていくぅぅ……
なんという事でしょう、我は元の姿に戻ってしまいました、アフタービフォー。
うう、儚い夢であった……

第83話　キメラ廃棄場

魔人と白き災厄の欠片を宿したキメラを倒した僕達は、遺跡の関係者であるアンデッドを連れて、一旦洞窟内のキャンプへと戻って来ていた。

「それで、このアンデッドが古代文明の生き残り……なのか？」

「アンデッドなので厳密には死に残りって言うべきかねぇ？」

冒険者ギルドの幹部であるワンダさんの問いかけを茶化すようにロディさんがふざける。

「今は真面目な話をしているのだ。晴嵐のロディ」

「こりゃ失礼しました」

ちなみに洞窟の外で待機している筈のワンダさんがここに居るのは、洞窟内での監督役代理だったリソウさんが、これはもう単なる魔物討伐ではない、一度ギルドの監督役から意見を聞くべきだと主張したので来て貰う事になったんだ。

「……いかにも、儂がキメラ研究所の所長ガンエイ・トルソクピンじゃ」

このままだと会話が進まないと思ったのか、アンデッドが肩をすくめながら名前を名乗る。

へぇー、そんな名前だったんだ。

「これは失礼、私は冒険者ギルドより派遣された監督役のワンダと申します」

挨拶が終わると、ワンダさんは今回の事件の発端と、僕達が遺跡調査に派遣された事を説明する。

「つまり我々の目的とは、遺跡の調査とこの洞窟から溢れ続ける魔物達の調査なのです」

「ふむ、その話ならそこの小僧共も同じような事を言っておったな」

「あの遺跡で暮らしていた貴方に伺います。なにか心当たりはありませんか？」

「……よかろう、説明してやろう」

そう言って、ガンエイさんはまず、あの遺跡がなんの為に作られたものなのかを話し始めた。

「儂がまだ人間であった頃、人と魔人は激しく争っておった。我等は侵略者から世界を、国を守る為に、魔人は新天地であるこの世界を我がものにする為にな」

ガンエイさんは懐から小さな金属製の棒を取りだす。

「戦いは激しさを増し、更に両陣営は相手を倒す為に魔法やマジックアイテムの研究に明け暮れた」

そして棒を天井に向けると、棒の先から小さな火の玉が幾つも飛び出して天井に居た蝙蝠達を打ち落とす。

「こんな感じにのう」

「「「おお……」」」

冒険者さん達の視線がガンエイさんの手にした金属の棒、マジックアイテムに注がれる。

「戦いは激化し、技術や道具の研究だけでなく、魔物の研究もおこなわれるようになった。その結果生まれたのがキメラ研究じゃ」

次にガンエイさんは冒険者さん達が仕分けしているキメラをマジックアイテムの棒で指さす。

あれは僕達がお土産として持ち帰ったキメラの素材だね。

「様々な分野の研究が激化し、戦闘の余波を受けて天空大陸は小さな島だけを残し崩壊、大陸に巨大な穴や裂け目が生まれてそこに海水が流れ込んで新たな湾になった場所もあった」

「ど、どんな戦いだよ……」

「まるで神々の争いだな……」

作業の傍らで、ガンエイさんの話を聞いていた冒険者さん達が半信半疑の様子で呟く。

まぁ前々世の時代でも、魔人と戦う為の魔法やマジックアイテムの研究は盛んだったからなぁ。

「そんな時じゃった。人と魔人が争っていた戦場に一匹の白い魔獣が姿を現したのじゃ」

魔獣という言葉を口にした瞬間、ガンエイさんが手にしたマジックアイテムを強く握りしめた。

「戦場に乱入したその魔獣は、人も魔人も関係なく襲った。突然の事に困惑した両陣営じゃったがすぐに反撃に出た。身の程知らずの獣を返り討ちにしてやれ、とな……じゃが、身の程知らずは儂らの方じゃった」

苦悩の表情を浮かべ、ガンエイさんは手にしていたマジックアイテムを真っ二つにへし折る。

「全滅じゃった。人の軍も、魔人の軍も、たった一匹の魔獣によって皆殺しにされてしまったのじゃよ……」

「「「……っ!?」」」

古代文明の軍と、魔人の軍がたった一匹の魔獣によって全滅させられたと聞かされ、騒がしかったキャンプから音が消える。

「戦場を蹂躙した魔獣は世界中を駆け巡った。戦場だけではない、町も、基地も、小さな村にさえヤツは現れて我々を襲った。多くの人々が犠牲となり、魔人達ですら元の世界へと逃げ込んだ。残された儂等は必死で逃げまどい、ほうほうのていで地下へと逃げ込んだ。仮初の安住の地を手に入れた儂等はそこに研究施設を作り、あの魔獣、白き災厄を倒す為の研究を始めたのじゃよ。それが儂の居たキメラ研究所……お前さん達が調査に来た遺跡の正体なのじゃ」

「「「……」」」

余りにも衝撃的な告白に、何を言えば良いのかと皆困惑の表情を浮かべる。

「……それで、その白き災厄という魔獣はどうなったのですか？　貴方がた古代人が倒したのですか？」

ワンダさんの質問にガンエイさんは首を横に振る。

「知らん、儂等は今日まで地下に籠って研究を続けておったからの。あの忌々しい魔獣がどうなったのかは知らんのじゃ。寧ろ儂の方こそ問いたい。お前さん達は白き災厄について何か知っておらんのか？」

「いえ、その様な魔物の話は聞いた事もありませんし、少なくとも私が読んだことのあるギルドの記録では、ここ数百年魔物や魔獣による世界的な規模での被害は存在しておりません」

「だったらその魔物はどこに消えたんだろうな？」

ロディさんがポツリと疑問を口にするけれど、その疑問に答える事が出来る人は誰も居なかった。

「じゃがまぁ、理由は分からぬが今の世界では白き災厄による被害は起きておらんようじゃな。安心したよ……」

そう言ってガンエイさんが柔らかな笑みを浮かべると、その体がうっすらと発光し始めた。

「これで安心して逝く事が出来る……」

「こ、これは……!?」

突然の事に皆が驚きの声を上げる。

「未練が無くなったから、魂が昇天しようとしているのよ」

僧侶であるフォカさんが、ガンエイさんの身に起こっている現象を説明する。

「昇天？　つまりこのアンデッドは消滅するのか？」

「ええ、神の御許へと旅立とうとしているのです。アンデッドとなるほどの未練を抱えた魂が、浄化を受けずに救われるのです。これは、これは奇跡だわ！　さぁ、皆さんで見送りましょう！」

フォカさんの言葉を受けて、その光景に驚いていた皆が神妙な表情でガンエイさんを見つめる。

皆色々と思う事はあるだろうけど。それでも彷徨える魂が救われると聞いて鎮魂の思いを抱いているみたいだ。

でもちょっと待って。皆大事な事を忘れているよ。

「だから待ってくださいって！」

僕は肉体から抜けかけていたガンエイさんの魂を引っ摑むと、もう一度肉体に叩き込んだ。

「ブギャッ!?」

「「「はぁっ!?」」」

ガンエイさんの魂が肉体に戻った光景を見て皆が驚いた様な声を上げる。

「ちょっ、何をしているんですかレクス君!?　せっかく彷徨える魂が昇天しようとしていたのに!?」

フォカさんが抗議の声を上げるけど、まだ事件は解決していないから仕方ないんですよ。

「いやだって、まだ魔物の大量発生の原因とか説明してませんよこの人」

「「「……あっ」」」

これまでの会話の流れと、魂が昇天しそうになった事で皆すっかり事情を聞く事を忘れていたみたいだ。

「……あー、そういう訳なんで、申し訳ないが昇天するのは説明を終えてからにしては戴けないだろうか？」

ワンダさんが申し訳なさそうにガンエイさんに説明の続きを求める。

「うう、また仲間達の下に逝きそびれた。あと少しで仲間の手を取れたというのに」

いやー危ない危ない。危うく原因が不明のまま話が終わっちゃうところだったよ。

「いや本当に申し訳ない」

「はぁ、まぁ良いわ。魔物の大量発生じゃったな。元々研究所にはキメラの素材となる魔物を飼育する為の施設があった。そこで育てた魔物はキメラの素材となるだけでなく、キメラの餌としても使われておったからの。おそらくはその魔物達が逃げ出したというところじゃろう」

ああ、そんな話を魔人との戦いの前後でもしていたね。

「おそらく儂に代わって研究を進めていた魔人が何かやらかしたのではないかの？　うっかり飼育施設の壁でも壊して逃げられたのじゃろうて。まぁ儂はもう研究への未練はない。施設に関しては壊すなりなんなり好きにするが良いわ」

とガンエイさんはさっさと昇天したいらしく投げやりに答える。

「施設で飼育されていたのは魔物だけなのですか？　貴方がたが研究していたキメラはどうなっているのですか?」

「キメラ?」

ワンダさんの質問を受けて、ガンエイさんが顎に手をやって考え込む。

「失敗作や研究が終わったキメラは廃棄穴に捨てておったからのう、多分生きておらんと思うぞ」

「廃棄穴？」

「うむ、廃棄用の落とし穴から最下層の地下水脈にドボンじゃ。落下の衝撃と水脈の濁流に流されて大半は死に絶える」

え？　なにそのもの凄く雑な処分のしかたは？

「……生き残る可能性は？」

「そうじゃのう、羽の生えたキメラや水棲生物の性質を持ったキメラは生き残るかもしれん。あと無事陸上に上がる事の出来たキメラも最下層で生き残っておるかもしれんな」

「「「「それ絶対生き残りいるからっ!!」」」」

キャンプに居た皆のツッコミが一つになる。

うん、どう考えても生き残りが居るよねそれ。

「ちなみに地下水脈にドボンと落として処分する事から、儂等はこの廃棄穴の事をドボントイレと呼んでおった」

聞いてないよそんな事。

っていうか、最後の最後でとんでもないやり残しが見つかったよ！

「そんじゃ昇天して良いかの？」

「「「「駄目ですっ!!」」」」

「えーっ」

当然だよ！

◆

ガンエイさんの衝撃の発言から一晩が明けた。

僕達Sランク冒険者は遺跡内部での戦いの疲れを癒す為に休息を命じられ、その間に魔人と巨大キメラの脅威がなくなった遺跡をAランク冒険者さん達が再調査。

そうして少しずつ遺跡に棲み着いた魔物達を掃討して、安全な空間を確保していたんだって。

「もう面倒だったのなんのって。普通の魔物だけじゃなくて、厄介な能力を持つキメラも結構いたから、遺跡の解放は大変だったわ。特に建物の中の備品に擬態するキメラとか、入った時には動かなかった癖に、私達と入れ替わりで入って行った調査班が来たら襲い掛かってきたときなんて本当に危なかったのよ！」

遺跡の制圧任務に赴いていたリリエラさんは、予想外に厄介だった調査の愚痴を漏らしていた。

どうもある程度以上の実力を持った侵入者には反応しない、非戦闘員だけを狙ったトラップ系の魔物に苦労させられたみたいだ。

「それは大変でしたね」

「ええ、本当に大変だったわ。おかげで、私達が調査したあと、調査班に部屋に入ったらすぐ出て貰って、隠れていた魔物が姿を現さないかの再調査になったんだもの」

ここが研究施設であったこともあって、ただ強いだけの普通の侵入者よりも、技術者の侵入を警戒していたって事かな？

実際、技術者は育成に時間もお金もかかるから、ある意味普通に防衛されるよりもダメージが大きかったろうなぁ。

「証言にあった魔物の飼育施設ですが、予想通り壁に大きな爪跡によって開けられた穴がありました。穴は遺跡を回り込んでこちら側に続いていたので、今回の騒動で外に出て来た魔物は先の闘いで討伐された魔物と、洞窟内に残っているであろう魔物で全てのようです」

「そうか、ご苦労」

遺跡内を調査した他の冒険者さん達から報告を受けたワンダさんが、大きな溜息を吐く。

「とりあえずこれ以上の魔物の増加はなさそうだな。あとは洞窟全体の調査と、地下水脈に続くらしい洞窟最深部か」

「しかしこうなると、時折地上で発見されるキメラというのは、同様の研究施設の廃棄穴から捨てられたキメラの子孫だったのかもしれないな」

そんな時、近くで報告を聞いていたロディさんがそんな事を呟いた。

「かもしれんな。あのアンデッドの話では、地下に落ちたキメラの大半は、落下の衝撃で弱った所を地下水脈付近に住まう現生の魔物達に襲われて始末されるとの話だが、生き残りは間違いなく居るだろう」

「なぁ、もしかしてまえに襲ってきたアントラプターって……」

「あれはキメラ処理用に外部から運んできた魔物が繁殖したものらしい」

「迷惑過ぎないかあの爺さん!?」

あー、あるある。魔物を使って環境問題を解決しようとしたら別の問題が発生しちゃうって僕の時代でもあったよ。

それで騎士団が緊急出動するまでがワンセットなんだよね。

「けどよ、あのアントラプターはこないだの闘いで大量に討伐されたからな。もしまだキメラの生き残りが居たのなら……」

「間違いなく生き残りのキメラ達が活性化するだろうな」

二人が肩を落としながら大きく溜息を吐く。

「Aランク限定でキメラも居る未探索の洞窟を調査とか、どれだけ時間と金がかかるかわからんなぁ。俺達も長くは関わってられないぞ」

「むぅ、せめて最下層の状況だけでも調査したいのだが……」

「いやいや、それこそ一番最後にたどり着く場所だろう。いわばダンジョンの最下層だぞ」

あー、そういえば洞窟って一種のダンジョンと言えるかもしれないね。

っと、最下層の調査と言えばそうだ。

「あの、それでしたら廃棄穴から飛行魔法で降りていけばいいんじゃないですか？」

「……何？」

ワンダさんがキョトンとした顔でこちらを見る。

「いえ、廃棄穴が最下層に続いているのなら、飛行魔法でゆっくりと降りていけば最速で最下層の調査が出来ると思います」

「それだーっ!!」

僕の提案にワンダさんが勢いよく声を上げる。

「そうか、君は飛行魔法が使えるんだったな！　是非頼む！」

「ええ、任せてください」

僕の提案にワンダさんが大喜びしている。

うんうん、提案して良かったよ。

「いやさすが少年だな！　それにしても本当飛行魔法というのは便利だな！」

「よし、これで最低限上に報告する為の資料が作れるぞ！」

「ところで少年、その飛行魔法なんだが、俺達を一緒に運ぶ事は出来るのか？」

と、ロディさんがそんな事を尋ねてきた。

「そうですね、一度に運べる人数に限界はありますけど、往復すれば問題なく運べますよ」

「なら俺達も運んでくれ。地下に遺跡で遭遇したキメラの生き残りが居るのなら、俺達Sランクの出番だろう」

成る程、さすがはロディさん。そこまで考えて一緒に飛んで運べるかを聞いてきたんだね。

目的が調査だけだとしても、規模の分からない最下層にどれだけのキメラが居るか分からないんだから、最低限の戦力は確保するべきだもんね。

「なら俺達も同行しよう。戦力は多いに越した事はない」

「となれば回復役も必要よね」

と、そこにリソウさんとフォカさんが加わってくる。

随分早くやって来たし、もしかしたら僕達Sランクの仕事である遺跡調査が終わって退屈だったのかもしれないね。

「ふむ、Sランクが勢ぞろいか。だが地下に大量のキメラが生き残っている可能性を考えると、少々心もとないな。Aランクの中でも戦闘と生存に特化した者を選別して同行させるとしよう。誰か洞窟の最下層探索に同行したい者は居るか!?」

「おっなんだ？　新しい仕事か？」

「洞窟の最下層？　何だってまたそんな場所へ？」

ワンダさんの声掛けに、周囲に居た冒険者さん達が反応する。

「この要請は洞窟最下層で生き延びたキメラの、討伐を兼ねた調査だ。ただし地下には危険な魔物も多い為、多くの戦闘が予想される。できれば戦闘に特化した者が参加する事が望ましい。調査に協力してくれた者には、報酬の上乗せも約束しよう」

「「「おおっ!!」」」

「俺は参加するぞ！」

「俺は探索がメインだから止めておくかな」

「俺も遺跡の探索で魔力が心もとないから、キャンプの護衛に専念するよ」

腕自慢の冒険者さん達が次々と最下層の探索に手を上げる。

「ロディ！　私達も参加するわ！」

「うん、私達はロディのパーティメンバーだから」

「地獄の底までお供致しますわ」

同時に、ロディさんの仲間の人達も調査に加わって来る。

「ははっ、お前達ならそう言ってくれると思っていたぜ！」

仲間の人達の言葉を聞いたロディさんは、当たり前のように、でも嬉しそうに頷いていた。

リリエラさんはどうするのかな？

そう思ってリリエラさんに視線を向けると、リリエラさんも頷いて前に出る。

「なら私も参加……」

「おお、姐《あね》さんも行くんですね！」

「姐さんの実力ならならキメラなんざ敵じゃないですからね！」

「派手にぶちかましてきてくださいよ！」

リリエラさんが参加を表明しようとした時、突然冒険者さん達が歓声を上げる。

っていうか姐さん？

見ればリリエラさんよりも明らかに年上の冒険者さん達も、彼女の事を姐さんと呼んでいた。

そう言えばあの人達って、僕達が遺跡調査に行く時に護衛として付いて来てくれてた人達だよね？

「ええと、何かあったんですか？」

「……聞かないで」

耳を真っ赤にしたリリエラさんが、顔を隠してしゃがみ込む。

うーん、どうやら護衛任務の帰り道に何かあったみたいだね。

まぁ仲良くなったみたいだし、良い事なのかな？

「応援してるぜ姐さん！」

「ああ、姐さんの実力なら、間違いなくSランクの力になるからな！」

「ふむ……彼等がそこまで推薦するのなら、君にも同行して貰おうか。構わないかね？」

「……分かりました」

なんだかよく分からないけど、とりあえずリリエラさんも同行って事だね。

「よし、それでは最下層の調査をする為の準備に入る。皆も今のうちに準備をしてくれ」

「「「おうっ!!」」」

そう言って、ワンダさんは部下の人達を集めると、すぐに最下層へ向かう為の準備を始めたのだった。

◆

「では開けるぞ」

僕達の前で、ガンエイさんがキメラを捨てる為の廃棄穴を開く。

廃棄穴は大きく、これなら大型のキメラでも落とせそうだ。

ガゴンッと重い音と共に廃棄穴が開くと、そこに奈落の底へと続くような巨大な黒い穴が姿を現す。

けれど、そこには予想もしていないものの姿もあった。

「「「げぇっっ!?」」」

廃棄穴の奥に続く深い縦穴……その壁の側面には、大量の魔物達がへばりついていたからだ。

そしてその魔物を僕達は知っていた。

「「「アントラプターだぁぁぁぁぁ!?」」」

そう、アントラプター。

僕達が洞窟内に第二キャンプを建設していた時に襲ってきた、あの魔物達の群れ。

それと同じものが廃棄穴の向こうにびっしりと蠢いていたんだ。

「どうやら暫くキメラを落とさずにいたんで、餌欲しさに登って来たみたいじゃの」

「のんきに言ってるばあいかぁぁぁ!!」

冷静に解説したガンエイさんに誰かのツッコミが入る。

「「「ギシャァァァァ」」」

と同時にアントラプター達が動き出した。

「いかん！　総員迎げ……っ!?」

「ライトニングバースト!!」

リソウさんの言葉が終わる前に僕の放った魔法が炸裂する。

広範囲に拡散する雷撃の魔法が廃棄穴全体に広がり、中からはい出そうと向かってきたアントラプター達を迎撃する。

壁を登って来ていたアントラプター達に逃げ道も隠れる場所もなく、彼等は為す術もなく魔法に呑み込まれて消えていった。

「アントラプターの撃退完了しました！」

うん、乱戦で味方を巻き込む心配が無ければこんなモンだよね。

「……ええと、ああ、ご、ご苦労」

武器を構えようとしていたリソウさんが剣を下ろすと、微妙な表情でねぎらってくれた。

「俺達あんなに苦労したのになぁ……」

「まぁほらアレだ。相手はSランクだからよ」

「そうだな。Sランクだもんな」

周囲の冒険者さん達から、Sランクだからなと納得の声がポツポツと上がる。

よし、僕も少しはSランクに相応しくなってきたかもしれないね！

「いやちょっと待ってくれ。アレと俺達を一緒にしないでくれ……」

第84話　地下水脈に潜む者

「では頼むぞお前達」

　廃棄穴の壁に巣くっていたアントラプターを一掃した僕達は、飛行魔法でゆっくりと穴を下って最下層へと降りる事になる。

　といってもいきなり全員を降ろす訳じゃない。

　まず僕とリリエラさんとラミーズさん、それと実は飛行魔法が使えたガンエイさんの４人が偵察して、最下層に大量の魔物達が居ないかを調査をするのが優先だ。

　だって地下に魔物やキメラが大量に生息していたら大変だからね。

　アントラプターを相手にした時の様な事はもうたくさんだよ。

　で、最下層に着いたら探査魔法を使って、最下層にどれだけの魔物が居るかを調べる。

　それで大丈夫だと判断したら、次は僕達飛行魔法の使い手に何かあっても地上に帰れる様に、帰還用のロープを絶壁の各所に垂らす作業。

　ただ最下層までは結構深くてロープの長さが足りないので、途中で足場になる場所を探して、段階的に移動が出来る様にする。

　このロープは今回の依頼が終了したあとでも後続の調査隊が使う予定らしいから、ロープを垂らす場所は岩や土の質も吟味して慎重に決められた。

　それらの作業が終わってようやく僕達は冒険者さん達を最下層へと連れ行く準備が完了する。

　ちなみに今回モフモフはお留守番だ。

　うっかり地下水脈に流されたらたまらないからね。

「ほーら魔物の肉だぞー」

「キュウン！」

「おーい、魔物のモツも食べるかー？」

「キュウウウン!!」

　そんなモフモフは、冒険者さん達から解体で余った魔物の肉の切れ端やモツを貰ってご満悦みたいだ。

「いやー、モツを埋める穴を掘る手間が省けて助かるぜ」

「だなぁ。見た目も可愛いし」

「でもあれって何て魔物なんだろうな？」

「さぁ？　まぁ可愛いから良いんじゃね？」

「そうだな」

「キュウン！」

小さくて無害なモフモフに冒険者さん達はメロメロみたいだ。

「皆騙されてるわ……アレは楽して肉が食べたいだけよ」

「ああ、騙されているな。そしてアレはそんな可愛い生き物じゃない……」

けど、リリエラさんとロディさんだけは渋い顔で肉を食い漁るモフモフの姿を眺めていた。

肉の話をしているけど、二人共朝ごはんが足りなかったのかな？
◆

そして先行調査を終えた僕達は、飛行魔法を使って調査に向かう冒険者さん達を最下層へと降ろしてゆく。

「おおっ!?　も、もっとゆっくり降ろしてくれー！」

「ゆ、揺れ！　揺れるぅぅぅ!!」

廃棄口の縦穴は意外と下から吹く風が強く、風にあおられて冒険者さん達が悲鳴を上げる。

「もう！　暴れないでよ！」

「バカ者！　そんなに暴れたら私の腕が持たんぞぉぉぉぉ！」

あー、リリエラさんに風圧防御の魔法を教えるの忘れてたよ。

風が強い場所では風圧防御を覚えないとキツイんだよね。

「俺達はこっちに運んで貰って良かったなぁ」

「あ、ああ」

ちなみに僕とガンエイさんは風圧防御の魔法が使えるから、風に揺らされることはなかった。

「でも……このアンデッドの腕がもげそうで怖い……」

あ、それはもげないように祈っててください。

「落ちるー！」

「だから暴れるなー!!」

ところでラミーズさんは何で風圧防御の魔法を使わないんだろう？

魔力を温存したいのかな？

◆

「よし、全員降りたな」

色々とトラブルとも言えないトラブルがあったけど、僕達は無事に最下層へと到着した。

「うう……二度と人間を運んだりせんぞ」

けれど何人もの人達を運んだせいで、ラミーズさんが腕をさすりながらうめき声を上げている。

ちなみに女性冒険者さん達はリリエラさんが、僕は比較的重い人達を運んでいた。

あと今回は調査がメインの目的だから、金属鎧の人は調査役に選ばれていない。

「おい見ろよ。魔物の骨だ」

冒険者さんの一人がそばに散らばっていた魔物の骨を見つける。

よく見ると、魔物の骨は壁際の地面のそこかしこに落ちていた。

「上の道から足を踏み外して落ちて来た魔物や、キメラに負けた魔物の骨だろう」

中には生き物として不自然な形の骨があるから、魔物達に狩られたキメラの骨も交ざっているみたいだね。

「この洞窟に生息する魔物の骨なら、新しくて状態の良いヤツは金になるかもしれないな」

成る程、魔物素材がお金になるなら、骨もお金になってもおかしくないか。

しかもここはAランク以上、今はSランクの冒険者しか入れない遺跡から降りてきた場所だから、手に入る魔物の骨もランクの高い魔物の物である可能性が高いもんね。

「骨拾いは後回しだ。今は調査を優先するぞ」

「へーい」

リソウさんに窘められて、冒険者さん達が残念そうに返事をする。

「しかし凄い流れだな。俺達が戦ったあのキメラ達といえど、この水脈の真上に落とされていたら、何も出来ずに流されていただろうな」

と、リソウさんがすぐ傍を流れる地下水脈を見ながら呟く。

僕達が降りてきたのは地下水脈の脇にある岩壁寄りの陸地で、人が二人は通れそうな幅があるので一応道と言えなくも無い形だ。そして僕達のすぐ傍には、ゴウゴウと音を立てて地下水脈が流れていた。

「確かにここへ落とされたら助かりそうも無い……って、おいお前等！　あんまり覗き込むな、落ちるぞ！」

「お、おう、す、すまねぇ」

ロディさんが地下水脈を覗き込んでいた人達を注意する。

「まずは上流に向かうぞ」

リソウさんの指示に従って僕達は上流へと向かう。

そうして進んで行くと、だんだんと道が広くなり、代わりに地下水脈の幅が狭くなってきた。

「成る程、どうやらさっきの場所が一番地下水脈の幅が広い危険な場所だったみたいだな。とはいえ、それでも落ちたら危ないことには変わらんか」

リソウさんが灯りの魔法が掛けられた剣を地下水脈に向けるけれど、明かりで照らしても暗い地下水脈の水底は見えず、その深さを測り知る事は出来なかった。

「なんておセンチな事を言ってたら魔物が来たぜ、双大牙の旦那」

ロディさんの警告通り、道の奥から奇怪な形の魔物、キメラの姿が現れる。

「やはり生き残っていたか。迎撃するぞ！」

「待て、地下水脈側からも魔物の反応だ！」

ラミーズさんの言葉に応える様に、地下水脈から大きなヒレを伸ばしたトカゲ型の魔物が這い出て来る。

どうやらこっちは地下水脈で暮らす現生の魔物みたいだね。

「地下水脈に落ちないように気を付けて戦え！　殿は退路を確保だ！」

リソウさんの指示に皆が自分の敵を見据えて武器を構える。

「そんじゃ行きますか」

「ロディ、サポートする！　プロテクトメイル！」

「私も援護します。ディバインウェポン！」

今回の調査ではSランク冒険者である僕達だけじゃなく、そのパーティメンバーも同行している。

ロディさんのパーティ、サイクロンのメンバーは打ち合わせも無くロディさんの動きに追従して一斉に動く。

その流れは流石にSランクパーティだ。

「俺達はこっちの敵を相手にするぞ！」

「「おうっ!!」」

リソウさんもまたパーティメンバーと共にトカゲ型の魔物の迎撃に出る。

「私達は双方のパーティの援護をします」

フォカさんは冒険者さんの援護と回復を、そのパーティメンバーは戦線の壁が薄い場所のサポートに入る。

「私はまだ疲れが取れていないから休ませて貰う」

ラミーズさんはさっきの空中輸送の疲れが取れていないと宣言して、戦闘には参加しない姿勢みたいだ。

「ほんじゃ儂も援護でもしようかの。エリアプロテクション」

ガンエイさんが味方全員に広域防御魔法をかけて援護してくれる。

この人の専門って補助魔法なんだなぁ。

「さて、僕達も動こうか」

「でも戦場が狭くてこれ以上は参加出来そうも無いわよ」

と、リリエラさんが周囲を見回しながら言う。

確かに殿を守っている冒険者さん達は、すぐ傍に地下水脈がある所為で攻撃に参加出来ないでいるね。

さっきと比べれば広くなったとはいえ、複数の冒険者さん達が敵の攻撃を回避しながら戦うにはここは狭すぎる。

でもね、リリエラさん、僕達ならそんな事気にせずに戦えるんだよ。

「リリエラさん、飛行魔法で空中に上がって、味方に当たらない位置から攻撃魔法で援護をしてください！」

「あっ！　そっか」

僕に言われて、リリエラさんは自分が攻撃魔法と飛行魔法が使える事を思い出す。

まぁ攻撃魔法は練習しただけで実戦ではあまり使う機会がなかったからね。

「じゃあ行きますよ」

「ええ！」

僕達は空中に飛びあがって味方に当てない様に魔法で援護する。

「くっ、この！　飛びながら攻撃魔法を使うって結構難しいわね」

二つの魔法を同時に発動させるのに慣れていないリリエラさんが、味方に当てない様に攻撃するのに苦労している。

まぁ実戦形式の練習になるし丁度良いかな。

もし味方に当たりそうになったら僕がサポートしよう。

とはいえ、ここに集まっているのは全員がSランクとAランクの冒険者。

戦場の狭さこそあったものの、普通の魔物やキメラ程度で止められる筈もなかった。

「よーし、それじゃあ進むぞ。調査優先だからな、倒した魔物素材の回収は帰りにしろ」

リソウさんの指示に従い、僕達は調査を再開する。

◆

その後も散発的に魔物とキメラの襲撃があったけど、大抵の相手は問題なく倒せた。

寧ろ……

「うわっ!?」

魔物の攻撃を回避したことでバランスを崩した冒険者さんが地下水脈に落ちそうになる。

「危ない！」

僕は間一髪、その腕を摑んで地上へと連れ戻す。

「た、助かったよ」

「どういたしまして」

とまぁこのように、次第に狭くなる道から落ちそうになる冒険者さん達の救助がメインになっていった。

途中からはラミーズさんも空中援護に参加してくれたから楽になったけどね。

「いやーしかし、飛べるというのは本当に便利だな。何度助けられたかわからないぞ」

「晴嵐、油断し過ぎだ」

数回程落ちそうになって助けられたロディさんを、リソウさんが窘める。

「そういう旦那こそ、二回ほど落ちそうになって助けられていたな」

「……まぁ感謝はしている」

ちなみに、何度も落ちそうになったロディさんだけど、上から見ていた僕には、彼が落ちそうになるのは仲間を助けようとした時だけだと分かっていた。

そしてそれはリソウさんも同様だ。

でも二人共それを口にする事はしなかった。

その奥ゆかしさもSランクらしくてカッコいいよね！

「まったく、私達に感謝しろよお前達！」

うん、まぁ助けたラミーズさんが言うのはアリ……なのかな？

「でも意外に魔物が少ないわね。アントラプターがあんなに居たんだから、もっと沢山のキメラが生き残っているのかと思ったわ」

と、リリエラさんが不思議そうに呟く。

「そう言えばそうですね。アントラプターがあんなに居たって事は、餌となるキメラももっと居て良いと思うんだけど」

確かに、大した強さじゃなかったけど、あの数で乱戦をするのは面倒だったからなぁ。

「なぁお前達、気付いていたか？」

と、そこでリソウさんが僕達に話しかけて来る。

「気付く……って何を？」

リソウさんの言葉にリリエラさんが首を傾げる。

「魔物の数が少なくなってきた事だ」

「え？」

「それだけじゃない、キメラの数も減っているな」

リソウさんもロディさんに同意し、ラミーズさんやフォカさんも真剣な顔で頷く。

確かに言われてみれば、最初に地下水脈に降りて来た時に比べると魔物達の数は減っている気がする。

「これは主が居るぞ」

主、その言葉は前世でも何度か聞いた事がある。

魔物の多い森や洞窟などには、稀にボスと呼ばれる強力な個体が居ると。

今生での経験なら、魔獣の森のエンシェントプラントが主に当たるのかな？

アレはあんまり強い個体じゃなかったけど。

「全員警戒を怠るな」

「対処はどうする？」

ラミーズさんがリソウさんに主と遭遇した時の対応を確認する。

「キメラなら討伐する。魔物なら襲ってこない限り放置だ」

「え？　討伐しないんですか？」

リソウさんの意外な答えに僕は驚く。

冒険者の仕事って魔物討伐だし、主というほどの強力な魔物なら当然討伐するものだと思っていたからだ。

事実前世ではよく、主を討伐して土地を開発するのだーって王様や貴族が騎士団に討伐を命じていたし。

「主を倒すという事は、統制を取る者が居なくなるという事だ。そして主が居なくなれば、主に押さえつけられていた他の魔物達が好き勝手に暴れだし、最悪の場合魔物達が縄張りの外に出ていってしまう危険がある」

成る程、それじゃあ意味がないよね。

今回の僕達の仕事は、魔物の大量発生の原因解明とその解決なんだから。

僕達が新しい原因になってしまったら大変だ。

でもさすがSランクの冒険者さんだなぁ。

僕は魔物を見たらとりあえず倒せばいいと思ってたよ。

ちゃんと周囲の環境に考慮して戦う。それは目の前の儲けだけじゃなく、その後ろに居る土地の人々の安全も考えているんだね。

「分かりましたリソウさん」

「よし、全員警戒をしながら前に進むぞ。灯りの魔法を先行して進ませろ」

リソウさんの指示を受けて魔法使いさん達が魔法の灯りを先行して進め、僕達はその後を付いて行く。

「探査魔法に魔物の反応があります！」

探査魔法を担当していた魔法使いさんが緊迫した声を上げる。

「距離は？」

「おおよそ300メートルです」

「よし、なるべく刺激したくない。人数を絞っていくぞ。天魔導と聖女は後方で待機。いつでも援護が出来る様にしてくれ。晴嵐と大物喰らいのチームはついてこい」

「「「おうっ!!」」」

チームを分けた僕達はゆっくりと壁沿いに進んで行く。

「居るな……」

リソウさんの声にわずかな緊張が混ざる。

そして先行して進んでいた魔法の灯りがその先に居る魔物の姿を徐々に照らしてゆく。

洞窟の天井に頭が付くほどの巨体。

まるで灯りに反射する金属の様な鱗。

空を蹂躙する為に生えた巨大な翼。

その姿はまるで……

「って、え？」

本来ならこんな所で出会う筈の無いその姿に僕は思わず声を上げてしまう。

「バ、バハムート……」

かつて見た事のある存在とうり二つの魔物の名を、リリエラさんが漏らす様に呟く。

そう、この魔物の名はバハムート、かつて僕達が天空島で出会い戦った魔物と同種の存在だ。

「バ、バハムートだって!?　Sランクの魔物じゃないか!?」

「グルルルルゥ……」

「ひっ!?」

バハムートが僕達を見て唸り声を上げると、同行してきたAランク冒険者さんが悲鳴を上げる。

「な、縄張りを荒らされて怒っている……!?」

「な、なんでそんな魔物がここに……？」

まさかのバハムートとの遭遇に皆が動揺している。

うん、動揺するのも分かるよ。

だって本来バハムートはこんな狭い場所で暮らす生き物じゃないからね。

広い土地を寝床とし、空こそ我が天井とする、自由にして傲慢な存在なんだから。

そんなバハムートがこんな場所に居れば、誰だって驚くよ。

「そ、そうか、分かったぞ。俺達が洞窟内で遭遇したアントラプターの群れ……アイツ等はこのバハムートから逃げ出す為に上層まで逃げて来たんだ……」

成る程、確かにアントラプターとバハムートならバハムートの方が格上だからね。

壁を登れるアントラプターが逃げ出すのも理解できる。

もしかしたら、魔物の大量出現の理由の一端はこのバハムートにもあったりするのかなぁ？

けど困ったな、こんな狭い場所でバハムートと戦う事になったら色々と大変だぞ。

だってバハムートはドラゴンの一種、その口からは強力なブレスを吐けるんだから。

「くっ、聖女、それにアンデッドの、お前達で全員を守れる範囲型の防御魔法を張れるか？」

同じ事を考えたらしいリソウさんが、バハムートを刺激しない様に声を潜めてフォカさんとガンエイさんに対策を求める。

「……全力で結界を張ったとしても、バハムートのブレスを正面から、それも全員守るというのは無理ですね。というか自分一人でも耐えられるとは……」

「儂一人なら耐えられるじゃろうが、お前さん達全員を守るのは無理じゃな。いや儂は成仏できるなら防御出来んでもかまわんが」

フォカさんとガンエイさんは全員を完全に守るのは無理と告げた。

その理由は分かるよ。だってたとえブレスから皆を守ってもその後で起こる崩落が怖いからね。

バハムートがブレスを吐けば、その衝撃で最下層は、最悪この洞窟全体が崩落してしまう危険がある。

うーん、これはブレスを吐かれる前にバハムートの首を刎ねるしかないな。

僕はバハムートを素早く討伐する為にゆっくりと身を低くかがめて体のバネに力を込めてゆく。

気付かれてブレスを吐かれない様にゆっくりとだ。

「や、ヤベぇよ。逃げた方が良いんじゃないのか……？」

「バカ、この状態でうかつに動いたら殺されるぞ……」

と、傍の冒険者さん達が逃げるか戦うかで揉め始める。

ナイス、怯える演技でバハムートを油断させるつもりだね！

「クキュウウ」

と、その時、バハムートの足元で幼い鳴き声が聞こえた。

「あ、あれはバハムートの子供か!?」

見ればバハムートの足元には、人間大の大きさの小さなバハムートの姿があった。

天空島で見たバハムートの雛に似ているなぁ。

って、同じバハムートの子供なんだから当たり前か。

「そうか、バハムートはこの洞窟を子供を育てる為の巣として利用していたのか！」

誰かがバハムートがここに居る理由が、子作りの為だったのかと納得の声を上げる。

んー？　でもバハムートって普通に空の下で子育てしてたけどなぁ。

天空島でも普通に森島の中に巣を作っていたし。

「よ、よし、バハムートを刺激しない様にゆっくり下がるんだ。子供が居るならこっちが下がれば追ってこないかもしれない」

けれど、その期待は直ぐに否定される。

バハムートは大きく一歩前に出て、僕達を一瞥すると目を大きく開き雄叫びを上げた。

「キャエエエエエエッ！！！」

どうやら子育ての最中に縄張りを侵した僕達に対して、怒り狂っているみたいだ。

それとも丁度子供の狩りの練習台に良い獲物が来たと思ったのかな？

けどこの奇妙な雄叫び、前世でも前々世でも聞いた事が無い、まるで悲鳴のような叫び声だ。

こんな地下に暮らしているし、もしかしたら特殊な生態の亜種や変異種かもしれない。

これは警戒を厳重にしないと。

もしかしたら固有の特殊能力を持っている可能性もある。

複合型の特殊攻撃耐性強化魔法も発動した方が良さそうだ。

「皆さん警戒してくださ……あれ？」

皆に警戒を促そうとした僕だったけど、次の瞬間バハムートが取った奇妙な行動に驚いて声を上げてしまった。

というのも、雄叫びを上げたバハムートは足元の子供を咥えると、一目散にバックで逃げて行ってしまったからだ。

洞窟が狭くて方向転換できなかったのは分かるけど、バックであんな速度を出せるなんて凄いなぁ……。

そっか、バハムートもリザード系の魔物と同じで目が顔の側面にあるから、視野が広いんだ。

……ってそんな事を納得している場合じゃないっけ。

「バハムートが……逃げた？」

「ちょっ、どういう事なの？」

リリエラさん達も何が起こったのかとキョトンとしている。

無理もない、だって縄張りを侵されたバハムートが戦いもせずに逃げるなんて、普通はありえないんだから。

「子供が居たから戦いを避けたのかしら？」

とフォカさんがバハムートが逃げたのは、母性による行動だったのではないかと指摘する。

うーん、バハムートの気性なら逃げたりせずに、子供に狩りの手本を見せる為に戦うと思うんだけどなぁ。

でもまぁ、相手は地下に住む変異種みたいだし、そういう大人しい気性なのかもしれないね。

「ま、まぁ危険な魔物が向こうから撤退してくれたんだ。良しとしよう。我々は下流に戻り、引き続き残ったキメラの討伐を行うぞ！」

「「「お、おうっ!!」」」

気を取り直した僕達は、リソウさんの号令に従ってキメラ討伐を再開する事にした。

◆

ギャー!!

何でー!?　何であの人間がここにいるのー!?

折角天空島から出て餌が豊富なこの穴場を見つけたっていうのにーっ！

また引っ越さないといけないわけー!?

ちょっとぐらい獲物を逃しても、他にわんさかいるから息子の狩りの練習に最適だったのにー！

何処かに我等の安息の地はないのーっ!?

第85話　逃亡キメラと毒の空気

「こ、これは……何だ!?」

ソレを見たリソウさんが驚きの声を上げる。

最下層に棲み着いていたバハムートを退けた僕達は、元来た道を戻って今度は下流へと向かった。

その理由は地下水脈の脇に出来たこの道が、外まで続いている可能性が高いからだ。

もしそんな抜け道があったら、多くの魔物やキメラが外界に解き放たれている可能性が高い。

だから僕達は下流へと進み、出会った魔物やキメラ達を討伐し続けていた。

そして見つけたのがこの行き止まりだ。

ただ行き止まりと言っても、それはあくまで僕達が歩いてきた道の行き止まり。

地下水脈の水自体は壁に開いた穴から更に奥深くへと続いていた。

そしてリソウさんが驚いたのは、その穴だ。

厳密には、地下水脈が流れる穴を無理やり砕いて広げたと思われる破壊跡に対してだけど。

「どうやら、何かが狭い地下水脈の水路を無理やり広げて奥へと進んで行ったみたいだな」

ラミーズさんが拡張された穴を見て、何が起きたのかを推測する。

「岩を砕いて進んだだと!?　キメラとはそんな事も出来るものなのか!?」

リソウさんがキメラの生みの親であるガンエイさんに質問する。

「ふむ、あの魔人が作ったキメラの失敗作にそこまで根性のあるキメラなどおったかのう？」

と、魔人が作ったキメラの事を思い出しつつ、ガンエイさんは首を傾げて考え込む。

「……あっ」

そして何かを思い出したかの様に声を上げる。

「そう言えばここに来るまでに試作キメラの姿が無かったわい」

「「「試作キメラ？」」」

「うむ、白き災厄の欠片を埋め込む為に儂が作った最終試作キメラじゃ。最後に作っただけあってなかなかの自信作、というか寧ろ最高傑作じゃったな。ただ最後に残った白き災厄の欠片を使うのがもったいなくてのう、結局素体の性能を調べるだけにとどまって後は廃棄穴に落として処分したのじゃ」

「「「何でそんな危険なモノを流したぁぁぁぁぁぁっ!!」」」

皆のツッコミが最下層に響き渡る。

「いやー、あんまりにも出来が良かったんで、自分の手で殺すのが忍びなくてのう」

「いやいや、それはおかしいだろう。というか、そんな危険なキメラを捨てるなんて普通ありえないだろ!?」

ロディさんが声を荒らげると、一緒にキメラと戦った経験のあるリソウさん達Sランクの皆がうんうんとうなずく。

「ねぇロディ様、ロディ様達が戦ったというキメラはそれ程までに強かったのですか？」

と、ロディさんの仲間の僧侶であるアルモさんが問いかける。

「ん？　ああ、かなりの強さだった。だが俺達が戦ったのは、本命を作るまでの失敗作だったらしいがな」

「失敗作？」

中庭や研究室で遭遇したキメラとの戦いを思い出して、ロディさんが苦虫を噛み潰したような顔になって頷く。

「ああ、特にあの中庭で出会った巨大キメラとの戦いは本当に死ぬかと思った」

「ロディがそこまで言うなんて……」

同じくロディさんの仲間の魔法使いであるチェーンさんが興味深げに会話に加わって来る。

魔法使いだから、魔法技術で生み出されたキメラに興味があるみたいだ。

「遺跡で遭遇した魔人はあのキメラ達を失敗作と言っていたが、相当な強さだった。もし俺達サイクロンが単独で依頼を受けていたら、完成したキメラに遭遇する前に全滅していたかもしれない」

「……うそ、そこまで!?」

と、ロディさんのパーティの最後の一人である剣士のマーチャさんが驚く。

ロディさんを心から信頼する彼女達だからこそ、その発言は衝撃的だったみたいだ。

「正直、少年が居てくれたお陰で生き残る事が出来たよ」

と言ってロディさんがこちらを見てくる。

「またあの子……」

アルモさんがジーッとこちらを見つめてくる。

その目は怒っている様ないない様な、複雑な感情を込めた視線だ。

本当に僕のお陰で助かったのかと疑っているんだろうね。

「いえいえ、あれは新人Sランクの僕への歓迎みたいなもので、ロディさん達が本気で戦っていたら僕の出番なんてありませんでしたよ」

「「「そうよね!!」」」

僕の言葉にロディさんのパーティメンバーが明るい笑顔になる。

皆本当にロディさんを信頼しているんだなぁ。

「いや、苦戦したのは本当なんだが……」

けれどロディさんはキメラを討伐したのはあくまで僕だというスタンスを取る。

試験の為にわざと苦戦したフリをしていただけで、本気で戦えば苦もなく勝てただろうにそれを言わないのは、僕が自力でキメラと魔人に勝利出来たからだろう。

でもいつかロディさん達の本気の活躍を見てみたいなぁ。

チームワークを得意とするSランク冒険者の本気なんだから、きっと凄いんだろうなぁ。

「しかしこれでは追跡は不可能だな……」

おっと、リソウさん達の話が続いていたよ。

「うむ、この中に飛び込んだら間違いなく死ぬだろうからな」

え？　死ぬ？　何で？　というかなんで飛び込むの？

これなら普通に穴を拡張するだけで済むと思うけどなぁ。

ちょっと試しにやってみようか。

「トンネルエクステンション！」

僕は魔法を発動させると、キメラによって無理やり広げられた穴を更に広げつつ、天井と壁を補強して更に穴の拡張率を変化させて人が歩けるだけの道を地下水脈の脇に作る。

「なんだ出来るじゃないか」

リソウさん達が追跡は無理だなんて言うから驚いたけど、やっぱり普通に穴を広げる事が出来たよ。

「それじゃあ逃げたキメラの追跡をしましょうか」

「「「「……」」」」

と、振り向くと、何故か皆が目を丸くしてこちらを見ていた。

「皆さんどうしたんですか？」

「「「ど、どうしたんですか？　じゃなーいっ!!」」」」

何故か皆が声をハモらせて突っ込んで来た。

え？　どういう事？

「お、おまっ!?　何を当たり前の様に穴を広げているんだ!?　何だその魔法は！　寧ろ教えろ！」

魔法大好きラミーズさんが興奮した目で僕に詰め寄ってくるけれど、後ろから現れたフォカさんとロディさんに両腕を摑まれて引きずられていく。

そして代わりにリソウさんが前に出て来た。

「大物喰らい、今のは……魔法……なのか？」

「ええ、洞窟を拡張する為の鉱山魔法です」

「鉱山魔法!?　だ、だが、鉱山夫でもない素人が洞窟に穴なんて開けたら崩落してしまわないか？」

ああ、リソウさん達は鉱山夫の魔法技術について知らないんだね。

だから穴を広げて追跡する事が出来ないと思っていたんだ。

「大丈夫ですよ。鉱山魔法では洞窟を拡張しても崩落はしません。寧ろ広げた分の土や岩が穴の周囲の密度を高めるので、多少穴を広げる程度なら逆に硬くなるくらいです」

「ま、魔法というのはそんな事まで出来るのか」

「土や雪をギューッと押し込むと硬くなる理屈と同じですよ。崩落しやすい地質の鉱山でよく使われているんですよ」

「そうなのか？」

「さぁ？」

冒険者さん達はお前知ってたか？　とお互いに確認し合う。

まぁ鉱山関係者に知り合いが居ないとなかなか知る機会のない魔法なのかもしれないね。

僕も知り合いの鍛治師に、良い素材は自分の目で見て探せって言われて教えて貰った訳だし。

そして良い鉱石を鑑定できるようになるまで数か月間鉱山の中で過ごす事になったけど……

うん、その時の事は忘れよう。

「……じゃあ、行きましょうか！」

「あ、ああ……」

「そ、その前に今の魔法の術式についてもっと詳しく!!」

「はいはい、良い子ですからそういう話はお仕事が終わってからにしましょうねー」

「や、約束だからなぁーっ!!」

えーっと、なんか後で僕が教える流れになってるんですけど。

「そこそこ大きい鉱山専属の魔法使いの人に聞けば教えて貰えるから大丈夫ですよ」

「よし分かった！　鉱山専属の魔法使いだな！」

ラミーズさんはやっぱりブレないなぁ。

それにしても、古代の文明を崩壊させた謎の魔物を倒す為に作られた最強キメラの試作品か。

これはかなり厄介な相手が待っていそうだぞ。

◆

鉱山魔法で穴を拡張しながら進むと、ボコッという音と共に先の壁が崩れて真っ黒な穴が現れる。

「どこかの通路に繋がったみたいですね」

「ふむ、ではこの先に逃亡キメラが居るかもしれないな。皆警戒を強めろ！」

リソウさんが警戒を命じると皆が武器を構えて臨戦態勢になる。

「では進むぞ」

「ちょっと待ってください」

けれど僕は進もうとする皆を止める。

「どうした大物喰らい？」

「その前に繋がった空間を魔法で調査します。エアダイアグノーシス！」

手の先から青い光の魔法の玉が放たれ、前方に開いた穴へと進む。

すると青い光は途中から紫に変わり、次の瞬間真っ赤な色へと変貌した。

ああ、やっぱりだ。

「色が変わったぞ!?」

「大物喰らい、あれはどういう意味なんだ？」

リソウさんに問われ、僕は赤い光の意味を伝える。

「あれはこの先の空気が毒に満たされている事を示しているんです」

「毒だって!?」

その場にいた皆が驚きの声を上げて後ずさる。

「どういう事だ大物喰らい!?」

「鉱山には時折、人間の体に有毒な空気が充満している場所があるんですよ。この魔法はそういった空気の毒を調べる為の魔法なんです。青なら清浄、紫は長時間の滞在は危険、そして赤は命に関わる、です」

「なんという事だ!?」

リソウさんが悔しそうに顔を歪める。

「これではこの先には進めな……」

「なのでこの先の空気を魔法で浄化して進みましょう」

「……え？」

リソウさんがどういう事だ？　とキョトンとした顔で僕を見る。

「鉱山魔法でこの先の空気の毒を浄化します」

「こ、鉱山魔法というのはそんな事まで出来るのか!?」

「ええ、鉱山で安全に働く為に開発された魔法ですからね」

「スゲェな鉱山魔法」

「もしかして鉱山夫ってすげぇ連中なのか？」

冒険者さん達が鉱山夫に対しての認識を改める会話をしている。

「そうですね、鉱山の中に眠っていた古代の強力な魔物と戦う事も少なくありませんから、鉱山夫は屈強な戦士としての側面も持っているんですよ」

「マジかよ!?　すげぇな鉱山夫!?」

「石を掘るしか能がないと思っててごめんなさい！」

「やっべぇ、俺この間鉱山夫のおっさんからかっちまったよ!?　どうしよう！」

「すぐに謝りに行け！」

「おう、行ってくる！」

「仕事を終えてからにしろバカ共！」

あ、リソウさんに叱られた。

「ともあれ、空気の浄化が出来るのなら頼めるか、大物喰らい？」

「はい、任せてください」

リソウさんに頼まれて僕は空気浄化の魔法を発動する。

「エアピュリファイケーション！」

再び前方の空間に魔法を放つと、先程まで真っ赤に染まっていたエアダイアグノーシスの玉が青色に戻っていく。

「浄化完了です。それじゃあ行きましょう」

「あ、ああ。……本当に大丈夫なんだな？」

「ええ、大丈夫ですよ」

移動を再開した僕達はエアダイアグノーシスの玉を先行させながら地下水脈沿いに進んで行く。

途中再度玉の光が赤に染まったので、その度に空気を浄化していく。

「なぁ、たびたび色が赤く染まっているんだが、本当に大丈夫なのか？」

ロディさんが不安そうに質問してきたので、僕は安心させる為に大丈夫と答える。

「エアピュリファイケーションは術者の周囲数百メートルの空気を浄化する魔法です。なのでこの通路全体に毒の空気が充満している場合は、移動する度にその場の空気を浄化していけば大丈夫ですよ」

「そ、そういうものなのか」

そうして進んで行くと、洞窟の奥から何かが近づいて来る音が聞こえて来た。

「何か来るぞ！　灯りを先行させろ！」

魔法使い達が指示を受けて魔法の灯りを前に進ませる。

するとと奥からやって来た魔物の姿が見えて来た。

「あれは、ヘルバジリスク!?」

その名を聞いて冒険者さん達が動揺する。

なにせそれは僕達が来る前に鉱山前のキャンプを襲って、黒死の邪眼と呼ばれる特殊な邪視で多くの冒険者さん達の命を危険にさらした魔物の名前だったからだ。

「回復役は後方に下がれ！　黒死の邪眼を避ける為に遠距離から攻撃しろ！　盾持ちは前に出ろ！」

即座に盾を持った冒険者さんがヘルバジリスクの邪視を受けない様に盾を構えながら前に出る。

「ウインドランサー!!」

洞窟を崩落させない為にラミーズさんが風魔法でヘルバジリスクを迎撃する。

よし、僕も迎撃だ！

「ランドランサー!!」

ラミーズさんに合わせて僕も岩の槍による魔法で攻撃する。

ラミーズさんは正面から攻撃して敵の進行を食い止め、その隙に僕の魔法が敵の真下から突き上げる様にヘルバジリスクを串刺しにする。

ヘルバジリスクは岩の槍に持ち上げられ、自らの自重で槍に体を喰い込ませながら貫かれた。

「お、おいもう倒しちまったぞ」

「え？　何？　もう終わったのか？」

後ろで待機していた冒険者さんの声を聞き、盾を構えていた冒険者さんが驚きの声を上げる。

まぁ襲ってきたのはヘルバジリスク一体だけだったからねぇ。

「ヘルバジリスクは他のトカゲ系の魔物と同じくお腹が柔らかいですから」

「成る程、そんな弱点があったのか」

「いやいや、弱点が分かってても簡単に倒すのはムリだろ」

「それよりも、私の魔法が全然目立たなかったんだが……」

風魔法を使ったラミーズさんがショボーンとなっている。

「でもラミーズさんの魔法がヘルバジリスクの進行を食い止めてくれたおかげで、僕の魔法が丁度良い所に当たったんですよ」

「む？　そうか？　まぁそうだな」

誉められた事で機嫌を直したラミーズさんがニヤリと笑みを浮かべる。

「ちょっとチョロくないか天魔導の旦那？」

ロディさんが呆れた様な顔でラミーズさんを見つめているけれど、実際ラミーズさんの魔法は僕の魔法を当てやすくしてくれたので、確かに効果を上げていた。

風魔法は見えないから奇襲や仕込みには便利だけど、活躍が分かりにくいのが難点だよね。

「しかしこんな毒の空気に満ちた場所に魔物が居るとはな……」

「ヘルバジリスクは穢れた場所を好むと言われている。毒の空気に満ちたこの洞窟内は格好の住みかなのだろう」

ラミーズさんの推測は当たっていて、この後も毒を持った魔物やキメラ達が僕達に襲い掛かって来た。

「成る程、毒持ちの魔物やキメラ達は、バハムートや格上の魔物から逃れる為にこのあたりまで逃げて来たみたいだな！」

毒持ちの魔物を捌きながら、リソウさんがキメラまで居る理由を推察する。

「となると洞窟のどこかにここに繋がる道があるのかもしれないな。後で調査隊を送る時は、毒に注意する様に指示しておかないとな！」

ロディさんも後々の事を考えて、毒の空気について注意を促すべきだと主張する。

二人共後々の事まで考えているんだなぁ。

「あらあら、こんなに毒持ちの魔物が多いと、解毒魔法が追いつかないわね。マナポーションを多めに持ってきて正解だったわ」

僧侶であるフォカさんが解毒魔法で負傷者達が受けた毒を回復している。

「せいっ!!」

リリエラさんは属性強化魔法で氷の属性を持たせた剣を振るい、魔物の爪や嘴《くちばし》を凍らせて毒を受けない様に戦っている。

そして攻撃を回避して反撃してきた魔物の攻撃には、自分の体の一部に氷の防具を作りだす事によって毒が体に侵入してくる事を防いでいる。

「たぁ！」

そしてそのまま氷の防具を魔物の体に張り付けてしまい、逆に攻撃できなくしてから再度攻撃を加える。

リリエラさんもすっかり属性強化を使いこなす様になってきたなぁ。

今度新しい技を教えてみようかな。

「モキュ！」

そしてモフモフは相手が毒持ちだろうと構う事無く肉を貪っていた。

お腹壊すなよー。

……ってあれ？　モフモフは置いてきたと思ったのについてきちゃったの？

やれやれ、しょうがないなぁ。

「お、おい……あの白いの、毒持ちの魔物を喰ってるぞ!?　大丈夫なのか!?」

「まぁSランクのペットだし、大丈夫なんじゃないか？」

「まぁSランクのペットだしなぁ……」

いや、僕のペットだから大丈夫という訳じゃないんですけど。

そうして、戦いながら進んで行くと、洞窟の奥からブシュウウという音が聞こえてくる。

「何だこの音は……!?」

「ああ、どうやらこのあたりが毒の空気の発生源みたいですね。見てください、エアダイアグノーシスの玉が点滅しているでしょう？　あれは毒の空気が特別濃い場所、つまり発生源を教えてくれているんです。ここでは普通に空気を浄化してもすぐに毒の空気に満たされてしまいます」

僕の説明を受けて皆の顔が青くなる。

「じゃあもう進むのは無理って事か？」

「そんな、折角ヘルバジリスクや毒の魔物を倒してここまで来たのに、諦めなきゃいけないのか!?」

冒険者さん達がここまで来て諦められるかと不満の声を上げる。

うん、さすが皆勇敢だね。

毒の空気にも怯む気配がない。

「いえ、穴をふさぐだけなので簡単ですよ。トンネルエクステンション!!」

僕は洞窟拡張の魔法を空間全体にかけ、穴を広げていく。

すると先ほどまで洞窟全体に聞こえていたブシュウという音がみるみる間に小さくなっていき、
遂には聞こえなくなってしまった。

「エアピュリファイケーション！」

そして空気を浄化する魔法を発動させると、先程まで赤く点滅していた魔法の玉が青色に変化し、そのまま色が変わる事はなかった。

「魔法で穴を拡張する際に毒の空気が漏れていた穴を埋めました。これでもう毒の空気が溢れる心配はありませんよ。あとは残った毒の空気を浄化するだけです」

僕の説明を受けて、皆がほーっと安堵の息を吐く。

「すげぇな鉱山魔法。こんなに簡単に毒を無効化出来るのか」

「ええ、ええ、素晴らしいわ！　邪悪な毒に包まれた空間をまるごと浄化するなんて！　やっぱり貴方は聖都に来るべきだわ！」

すみません、どさくさに紛れて勧誘しないでくださいフォカさん。

あと洞窟の毒は別に邪悪じゃないですよ。

まぁ教会の人達は、神聖な回復魔法で治療できる毒イコール邪悪な力ってイメージが強いみたいだけど。

「おおおっ！　これも鉱山夫に聞けばいいんだな！　素晴らしいぞ鉱山魔法！　いやこの依頼を受けて正解だった！　新しい魔法の知識がどんどん手に入る！」

皆が安心する中、ラミーズさんだけは嬉しそうにはしゃいでいたのだった。

そして、空気を浄化しながら洞窟を拡張していった先で、僕達は大きく広がった空間へとたどり着いた。

「どうやら、ここが終着点みたいですね」

僕達がたどり着いた場所、それは広大な地下空間の中にたたずむ巨大な地底湖だった。

第86話　蠢き、迎え撃つ者達

小僧の魔法で地下水脈の通路を拡張して進んで来た儂等は、地底湖のほとりへと出た。

キメラを作った本人という事もあって儂も同行する事になってしまったが、水場は体が腐りそうでイヤじゃのう。

「ライトボール」

灯りの魔法を複数展開して周囲を照らすと、儂達がやって来た通路だけでなく、地底湖の天井や壁など他の場所からも水が流れ込んでいるのが見てとれる。

どうやらこの周辺を流れる地下水は、一度この地底湖に集まるような構造になっているみたいじゃな。

「結構広いですね……それに深……ってきゃっ!?」

と、周囲を見回していたフォカと呼ばれていた女が悲鳴を上げる。

「どうした聖……なっ!?」

そしてフォカに問いかけようとした大男、リソウだったか？　も驚きの声を上げる。

それもその筈、魔法の灯りに照らされた地底湖の中には大量のキメラが泳いでいたからじゃ。

その姿は細長く蛇に似ており、そしてドラゴンの様でも、魚の様でもあった。

そしてなにより、儂はこのキメラの姿に非常に見覚えがあったのじゃ。

「これが全部……キメラなのか!?」

ロディとかいった軽薄な男が思わず後ずさる。

まぁこれだけの広さの地底湖にびっしりとキメラが泳いでいたら驚くのも無理はない。

単純にキモいしの。

じゃがこのキメラ達、皆同じ形をしておるのう。

複数の水棲キメラが流されてやって来たという訳でも無いようじゃ。

となるとその理由はやはり……

「見ろよ！　地底湖の底！　魔物の骨が山積みだ！」

誰かの声にキメラ達の更に下を見れば、地底湖の底が一面骨で敷き詰められている事に気づいた。

透明度が高くて水深は良く分からぬが、それでもこれだけの広さの湖に骨が敷き詰められておるのじゃから相当の量じゃな。

そしてこれだけ騒いて居れば、当然キメラ達も儂らに気づくというもの。

キメラ達が一斉にこちらを向いて水面に上がって来る。

「皆下がれ！　中に引きずり込まれるぞ！」

さすがに戦い慣れているだけあって、ロディは困惑から立ち直って後ろに下がり、キメラ達を引き寄せて地上を戦場とする。

幾人かの魔法使いと弓使いが先頭のキメラに遠間から攻撃を放つ。

じゃがキメラの鱗に阻まれ、大したダメージにはなっていない様じゃな。

まぁ、あのキメラ達が儂の予想している通りの存在なら、その程度の攻撃で倒せる筈が無いのは当然じゃが。

「インパルススピア！」

「フリーズガイザー!!」

約二名ほど通用している攻撃もあるが、まぁそれでも手が足りないのは間違いない。

そうしてキメラ達は、岸に上陸する。

体の大きさに比べると小さい手足で器用に走る者、体を蛇の様にくねらせてはいよるものなど移動の方法はさまざまじゃが、総じて言えるのは皆速いという事じゃ。

それにしても実際に動いている姿をみると参考になるのう。

そして瞬く間に先頭の者達との距離を詰めると、白兵戦が開始された。

「せやぁぁっ！」

「この野郎！」

幾人もの戦士達がキメラに攻撃を加えるが、ナマクラな武器では鱗を割るどころか武器の方が欠けてしまう有様じゃ。

「うわっ!?　俺の剣が！」

「畜生！　買い替えたばかりなのに！」

そりゃご愁傷様じゃのう。

「ガンエイ殿、援護を！」

リソウが儂に援護を求めて来る。

まぁ協力せんとそこの小僧が怖いからのう。

「仕方ないのう、エリアエンチャントアームズ」

儂は周囲に居た戦士達の武器に魔法の力を授ける。

すると先ほどまではその鱗に欠片も歯がたたなかった戦士達の攻撃が通る様になり、キメラ達を鱗ごと切り裂いていった。

ああもったいない。

「はっはー！　こりゃ凄いぜ！」

「ああ、キメラがまるでバターみたいだ！」

まぁ儂の魔法のお陰じゃな。

「こっちにも援護をくれ！」

「こっちもだ！」

「年寄りをそう急かすでない」

「せぇい！」

そして幾人かの戦士達は、儂の援護を受けずに自前の魔法や仲間の魔法でキメラ達を討伐しておった。

あの魔人が作り出したキメラと戦ったリソウ、ロディの二人の戦士は、仲間の援護もあるが自力でキメラ達と渡り合っておる。

ふむ、まぁまぁやるのう。

「たぁ！」

そんな中、一人の娘が獅子奮迅の闘いを繰り広げておった。

身体強化魔法で自身の肉体を強化し、氷の魔法を応用して高速で動き回りながらキメラ達をその手の槍でまとめて貫いておる。

貫かれたキメラは、傷口から凍り付いて氷像と化し、引き抜く動作で真っ二つに割れる。

うむ、あの娘は他の者達と比べて頭一つ、いや三つくらい上の実力じゃな。

「マッハスラッシャー！」

そして、一人の非常識な小僧が湖の上を走りながら水中のキメラ達を斬撃の衝撃波で切り裂いておった。

「いやちょっと待って、あの小僧なにしとるんじゃ!?」

あれ魔法で浮いておるわけじゃないぞ。

身体強化魔法は使っておるが、普通に水面を走っておるぞ!?

その証拠にあの小僧が走った後の水面が衝撃で吹き飛んでおる。

あとあの小僧が水面を切り裂くと、明らかに数十メートルは湖の水が切り裂かれ真っ二つになっておるんじゃが。

まるで地底湖の水があの小僧の攻撃から逃げているのではないかと錯覚しそうになるほど湖が大きく切り裂かれ、湖底の骨が勢いよくはじけ飛び地底湖の空に骨の雨が降り注いだ。

「ちょっとレクスさん！　あんまり派手にやり過ぎないで！」

「あ、すみませんリリエラさん！」

キメラと戦っていた娘に湖上の小僧が謝罪する。

うむ、もっと言ってやれ！

真面目で普通の戦士達の頑張りと一部の非常識な小僧の活躍もあり、キメラとの戦いはやや優勢な状況で膠着していた。

とはいえキメラの数は多い。

こちらが優勢であっても、どうしても数で押されてしまう。

「神よ、傷つきし者に癒しの祝福を」

フォカ達僧侶が負傷した者達を下がらせ、治癒魔法による治療を行う。

負傷した戦士達は治癒のお陰で戦線に戻れるが、次第に負傷者の数が増えてきたのう。

更に負傷した際に血を失う影響で、何度も治療を受けた戦士達の動きが悪くなっておるわ。

「これはマズいのう」

このままでは物量に押し切られてしまうぞ。

「このままだと押し切られる！　元来た道に下がって敵の攻撃を減らすぞ！」

同じ事を考えたのかリソウが指示を出す。

儂等が通って来た通路は決して広くはない。

小僧の魔法で穴を広げはしたが、地底湖のある大空洞で周囲を囲まれるよりはよほどマシというものじゃ。

戦士達は即座に後方へと下がっていき、通って来た道へと戻る。

キメラ達も儂らを逃すまいと陸と水路の二つの道から追撃してくる。

うむ、囲まれるのも厄介じゃが、この狭い道で水路から攻撃されるのも厄介じゃぞ？

「クレイクラフト！」

即座に魔法使いが周囲の水路を土魔法で埋める。

上流からくる地下水脈の勢いで長くは持たんじゃろうが、それでも一時的な足場が出来上がった事で戦士達が戦いやすくなった。

今の魔法使い達もなかなかやるのう。

「ところでレクスさんが湖の上で戦い続けているけれど大丈夫なの!?」

フォカの言葉に気づいて地底湖を見れば、確かに小僧はいまだ湖上で戦っておるではないか。

キメラの数が多くてこちらに合流し損ねたか。

「レクスさんの事は気にしないで！　あの人なら一人の方がよっぽど強いから！」

戦士の娘があんまりな事を言うが、割とその通りな気がするので儂は黙っておく事にした。

みればリソウ達も何か言いたそうじゃったが、同じ事を思ったのか言葉を呑み込んでおった。

薄情なのか信頼しているのか難しいところじゃのう。

「どのみちこれでは援護に向かう事も出来ん。まずは目の前の敵に専念だ！」

「「「おうっ！」」」

リソウの現実的な発言に戦士達が気合を入れて返事をする。

先ほどは地底湖の中にビッシリと潜んでいたキメラ達に気圧されておったが、戦いが始まって肝が据わったのか、態勢を整えてからの彼等の闘いはなかなかの物じゃった。

「ふんっ！」

戦士がキメラを攻撃し、振り下ろした隙を狙ってきたキメラの攻撃を、盾を持った戦士が庇う。

「すまん、助かった！」

「おう、感謝しろよ！」

そして自らを囮としてキメラの注意を引く戦士に、注意が散漫になったキメラを後ろから攻撃する魔法使い。

「こっちだキメラ野郎！」

「ロックバイト!!」

更に戦場が狭くなって前に出られなくなった者達は、後方で待機して体力の回復に努める。

魔力が尽きた魔法使いは待機していた者と交代してマナポーションを飲む事で、魔法による援護を途切れさせないようにしていた。

全員で戦えなくなったことで、休息と回復の余裕が出来た訳じゃな。

儂は前線で戦う戦士ではないが、この連携の巧みさはなかなか見事じゃわい。

まだまだキメラの数は多いが、このままなら十分耐える事が出来るかのう?

「アクアバーンッ!!」

向こうで戦っておる小僧が実質挟み撃ちみたいな感じでキメラの数を減らしておるし、まぁ何とかなりそうじゃな。

「ただ、問題はこの後じゃな……」

その時、儂の心配を裏付ける様に地底湖の中央に大きな水柱が上がる。

そして盛り上がった水柱は地底湖の天井近くまで立ち上った。

「な、なんだ!?」

儂等だけでなくキメラ達もまた地底湖の方角を見つめ、戦いが一瞬止まる。

「やはり生きておったか」

盛り上がった水柱の中から現れたそれに儂は語りかける。

「な、何だあのデカイのは……」

戦士達が驚きに声を震わせる。

「キメラの……親？」

「その通りじゃ」

戦士の言葉に儂は肯定の声をかける。

儂の声に反応したのか、地底湖という玉座から現れたソレが儂に視線を向ける。

生みの親である儂を認識しておるようじゃな。

それにしても大きくなったのう。

その姿は、まさに王と呼ぶに相応しい威容じゃ。

「あれこそが儂の最高傑作、白き災厄の欠片を宿す為に最高の素材とあらゆる知識と経験を詰め込んで作り上げた至高のキメラ」

「その名も……」

「バスタァァァスラァァァァァァッシユッッッ!!」

真っ二つに叩き切られた。

「せめて名前を呼ばせてぇぇぇぇぇぇぇぇぇぇぇぇぇぇぇぇぇっ!!」

第87話　対決、最強試作キメラ

「あ、ああ……儂の自慢のキメラが……また戦う前に」
ガンエイさんが心底肩を落としてがっかりしている。
うーん、ちょっとくらい戦った方が良かったかな？
でも初見の相手はさっさと倒すに限るしなぁ。
様子見して強力な奥の手を使われたら大変だし。
まぁどっちにしろ、もう倒してしまった相手だ。
さっさと回収して残った子供キメラの討伐に戻ろう。
そう思った時だった。
「あれ？」
ふと僕は異変に気付いた。
地底湖の浮かんでいたキメラの子供達の死骸が消えていたんだ。
地底湖の底に沈んだ？

ううん、地底湖の底に見えるのは、魔物やキメラの骨だけだ。

じゃあキメラの子供達の死骸は一体どこに？

その時だった、突然地底湖の水面が弾け何かが姿を現す。

「っ!?　コイツは!?」

そこに現れたのは、二匹のキメラの姿だった。

「いや違う！」

そう違った。それは二頭のキメラじゃあなかった。

僕によって真っ二つにされた巨大な試作キメラの右と左の体だった。

「まさか、生きてる!?」

そう、真っ二つにされた筈のキメラは、周囲に浮かんでいた自分の子供達の死骸を体に取り込む事で、急速に体を復元していったんだ。

引き裂かれた体が凄い勢いで繋がっていき、遂には頭部まで復元して元通りの姿へと戻ってしまった。

とんでもない再生能力だ……

「っ！　は、ははははっ!!　そうじゃそうじゃ！　試作キメラには白き災厄との長期戦を考慮して、ヒドラなどの強力な再生能力と生命力を盛り込んでおいたんじゃった！　真っ二つにしたくらいでは死なんぞぉぉぉ!!」

キメラが復活した事で、ガンエイさんが興奮した様子で叫ぶ。

というかそういう事は早く言って欲しかったなぁ。

「ヒドラと言えば、複数の首を持ち何度切られても再生する魔物だったたな。対処法は切った首を焼いてこれ以上再生しない様に焼き切る事だ」

キメラの子供を倒しながら、ラミーズさんがヒドラについての情報を言葉にする。

「うむ、その通りじゃ！　しかし試作キメラは再生能力を強化して、傷口を焼いた程度ではその再生能力を無効化する事なぞ出来んぞい!!」

ガンエイさんが喜々とした様子でラミーズさんに反論する。

「かつて我々を絶望の底に叩き込んでくれた白き災厄を倒す為、あのキメラには多くの魔物の能力を与えてある!!　さぁどう戦う小僧っ!!」

待って待って、何で敵みたいなムーヴをしてるんですかガンエイさん？

貴方一応こっちの味方でしょう？

「っていうか、貴方が作ったんだから大人しくしろって命令すればあのキメラも言う事を聞くんじゃないの？」

と、リリエラさんがガンエイさんに問いかける。

おお、ナイスアイデアだよリリエラさん！

再生能力持ちの相手は面倒くさいもんね！

「ふむぅ、あの小僧と本気で戦わせるのも面白いと思ったんじゃがのう。まぁ仕方がないか。……試作キメラよ！　儂じゃ！　お前の生みの親であるガンエイじゃ！　大人しゅうせい!!」

と、ガンエイさんがキメラに向かって話しかける。

「……」

するとキメラもガンエイさんの方に顔を向け、二人は見つめ合う。

そして……

「キシャァァァァッ!!」

キメラが叫ぶと、キメラの子供達が興奮して叫びだす。

そしてリソウさん達と戦っていたキメラの子供達がガンエイさん一人へと殺到しだした。

「な、何じゃぁぁ!?」

何で!?　どうして生みの親のガンエイさんに襲い掛かるの!?

「というかだな、普通に考えて自分を棄てた親を怨むのは当然じゃないのか？」

「「「「……あっ」」」」

そういえばそうでした。

ラミーズさんの冷静な言葉に、僕達はそうだよねーと思わず納得してしまった。

「納得しとる場合かー！　良いから助けんかい！」

ガンエイさんが防御魔法で自分の身を守りながら叫ぶと、皆がハッとなって慌てて援護に向かう。

「だがこれならキメラ共はあの爺さんに釘付けだ。俺達は後ろからキメラを削っていくぞ！」

「おうよ！　守りを気にしなくていいなら、さっきよりも戦いやすいくらいだ！」

と、リソウさんの指示を受けたロディさんが、キメラ達がガンエイさんに集中している事の利点を皆に伝える。

「成る程、囮だな」

「ああ、それも何かあってもあと腐れの無い良い囮だ」

「なにせあの爺さんが原因だもんな」

冒険者さん達も、これで気兼ねなく囮に出来ると頷きながらキメラへと攻撃を開始する。

「お主らぁぁぁぁ！　後で覚えておれよぉぉぉ!!」

まぁガンエイさんは防御魔法で身を守れているし、向こうはリソウさん達に任せよう。

「それじゃあ僕はこっちの相手をするかな!!」

こうして、僕と試作キメラの闘いの幕が切って落とされたのだった。

◆

「キシャアァァァ!!」

試作キメラが雄叫びを上げると、体の表面がメリメリと剝がれていく。

いや違う、あれは羽だ。

細長い胴体の側面に張り付いていた羽が広がっているんだ。

一体何をするつもりなんだ!?

プキョキョキョ。

とその時、空中に変な音が響く。

間違いなく試作キメラの羽が原因だ。

そして次の瞬間、試作キメラの翼から大量の泡が凄い勢いで飛び出した。

いや違う、泡の中に何かが見える。アレが本体だ!

僕は飛行魔法で泡の弾幕を回避する。

泡は周囲の地面や壁にぶつかると、激しく破裂して周囲を吹き飛ばしていく。

おいおい、なんて危ない攻撃をするんだ!?

下手したらこの洞窟が崩落しちゃうぞ!?

「きゃあっ!?」

とそこで後方からリリエラさん達の悲鳴が上がった。

しまった、流れ弾が向こうに行ったのか!?

「リリエラさん!?」

あわててリリエラさん達の方を見ると、リリエラさんの近くの地面が吹き飛び、巻き添えを喰らったらしいキメラ達が地面に倒れていた。

「大丈夫ですか!?」

「え、ええ、大丈夫よ。私達は当たってないから安心して!」

そういってリリエラさんはキメラ達との戦いを再開する。

被害がなくて本当に良かったよ。

それにしても迂闊だった。

いくら広いとはいえ、ここは閉鎖空間だ。

試作キメラの放った流れ弾が皆に届く危険がある。

僕は試作キメラの注意を引きながら、流れ弾が皆に向かわない方向へと移動する。

これで皆安全に戦える筈だ。

ただこの戦いではうっかり味方に流れ弾がいかない様に、回避よりも防御する事を意識した方が良さそうだね。

「ハイプロテクトシールド!」

僕は魔力で編み上げられた、透明で大型の盾を幾つも生み出し試作キメラから身を守る用意をする。

プキョキョキョ。

再び試作キメラの羽から泡の攻撃の前兆音が鳴り響く。

「来い！」

僕の言葉に応える様に、再び泡の攻撃が僕へと襲い掛かる。

けれど透明な魔法の盾は僕を試作キメラの攻撃から守ってくれる。

さぁ今度はこっちの番だ！

とはいえ、相手は強力な再生能力を持つ魔物だ。

有効なのは大規模な攻撃魔法で相手をチリ一つ残さず消滅させる事だけど、ここは地下だから下手な大魔法は洞窟ごと崩落させてしまう危険がある。

この巨大なキメラを再生させずに倒せるだけの威力があって、なおかつ地底湖を崩落させずに討伐できる魔法……

しかもキメラの泡攻撃で洞窟が崩落しない様、短期決戦で倒さないといけない。

「となるとアレかな」

僕は自分の知っている魔法の中で、周囲に極力被害を与えない魔法をチョイスする。

そして試作キメラの泡攻撃が終わった瞬間を見計らって魔法を放った。

「喰らえ、プリズンアイスピラーズ！」

魔法の発動と共に無数の巨大な氷柱が、水中や天井、それに壁から生えて試作キメラへと伸びてゆく。

「そんな魔法ではあのキメラを止める事は出来んぞ！　あれは見ての通りの細長いボディじゃ。どんな狭い所でも自在に活動する事が出来るぞい！」

と、キメラの子供達に群がられているというのに、自らの作った試作キメラの性能を自慢するガンエイさん。

うん、遠慮なく討伐しよう。

ガンエイさんの言う通り、キメラは襲い来る氷の柱をスルリスルリと回避していく。

けれど……

「むっ？　何じゃ？」

ガンエイさんが一つの異変に気づく。

最初は余裕で回避していたキメラだったけれど、縦から横からと様々な角度から生えてくる大量の氷の柱に逃げ道を塞がれ、次第に動きが鈍くなっていく。

そう、この魔法は攻撃の為だけに使った訳じゃない。

試作キメラを逃さない為の檻として作り出したのさ。

そうして試作キメラの逃げ道がどんどん埋められていき、遂にはキメラの周囲に氷の檻を作り出した。

「じゃ、じゃが試作キメラの巨体なら、多少太い程度の氷の檻など砕いてくれるわ！」

全く、どっちの味方なんだろうね。

そして生みの親の気持ちを汲み取ったのか、試作キメラが再び泡攻撃を行って氷の檻を攻撃する。

けれど氷の檻は泡の攻撃で表面が弾けてもすぐに再生してしまう。

なにせ氷だからね、周囲に水もあるから再生は容易さ。

そしてこれがこの魔法を選んだもう一つの理由。

試作キメラの泡攻撃による洞窟内への被害を減らす事だ。

「ギュワォォォォォォッ!!」

業を煮やした試作キメラが雄叫びを上げて氷の檻へと突撃し、凄まじい轟音が洞窟内に鳴り響く。

「やったか!?」

試作キメラの巨体がぶつかり、ガンエイさんは氷の檻が砕け散ったと確信する。

けれど甘いよ。

「……な、何!?」

そう、答えは真逆だった。

氷の檻にぶつかった試作キメラは、檻を砕くどころか逆にぶつかった部分から凍り付いていったんだ。

「逃れようとする者を凍らせ絶命させる極寒の檻、それがプリズンアイスピラーズの魔法だよ!」

「また絶妙に出鱈目な魔法を……」

陸からリリエラさんの呆れた様な声が聞こえてきた。

「いえいえ、普通の対閉鎖環境下用魔獣討伐魔法ですよ?」

「普通の人間はそんなピンポイントな場所で都合よく巨大な魔物を討伐する魔法なんて使えないわよ」

えー？　そんな事ないと思うけどなぁ。

「ああそうか、リリエラさんは元々戦士ですもんね。多分魔法の専門家のラミーズさんなら使えると思いますよ」

「いやー、それはどうかなぁ……」

「後でその魔法も教えてくれっ!!」

「良いから今は目の前の敵に集中しろ魔法バカッ!!」

どうやら知らなかったみたいです。

まぁラミーズさんの専門は風魔法らしいしね。

「ともあれ、そういう訳だから、その氷の檻からは逃れられないよ！」

僕達が話している間にも氷の檻は内部に更に柱を増築して狭くなっており、試作キメラはますます身動きできなくなっていた。

試作キメラは再び羽を開いて檻の隙間から攻撃を加えようとするけれど、狭くなった檻に羽が触れて凍り付いてしまう。

ならばと試作キメラが口から炎のブレスを吐くと、氷の檻がどんどん溶けていく。

「グハハハハハっ！　見たか小僧！　これこそ我がキメラ最強の攻撃、マグマブレスじゃ！　生物であるキメラの体内には溶岩を生み出す耐熱器官が存在しており、その威力は文字通り自然の脅威である火山の噴火に等しい！　いくらお主が強かろうとも、自然の脅威を再現した儂のキメラには敵うまい!!」

えーっと、それは説明してくれてるのかな？　それとも勝ち誇ってるのかな？

今も昔も技術者系の人達っていうのは紙一重な人が多いよね。

とりあえず僕はガンエイさん自慢の試作キメラに視線を戻す。

そこにはマグマブレスで氷を溶かすキメラの雄姿は無く、自らが溶かした元氷の液体が体に張り付いて再び凍り付いていた。

「な、なんじゃとぉぉぉぉぉ!?」

試作キメラは頑張って氷を溶かすんだけど、氷の柱を溶かしきる速度よりも周囲の氷柱から補給された冷気によって再び凍り付く速度の方が圧倒的に早く、対応が追い付かないでいたんだ。

お陰で溶かした水が試作キメラの体を束縛する拘束具となって、ブレスでの攻撃は寧ろ逆効果となっていた。

そうこうしているうちに、試作キメラの体は氷の柱に押し潰される様に拘束されていき、遂には全身が氷漬けになって動かなくなった。

「マグマすら凍る氷による束縛。相手が再生するのなら、氷漬けにして動けなくすれば良いって寸法さ」

実は閉鎖空間内で安全かつ完全に巨大な試作キメラを焼き尽くす魔法もあったんだけど、それを使うと、試作キメラを討伐したっていう証拠がなくなっちゃうからね。

せっかく皆と頑張って戦ったのに、報酬を減らされたら大変だ。

大剣士ライガードの冒険でもとても巨大で恐ろしい魔獣を、地獄の底に続いていると言われるシフォンの大冥谷へとおびき出し見事叩き落して勝利したのだけど、魔獣を倒した証拠も失われてしまった所為で報酬を受け取れなかったって物語があったからね。

その事から成し遂げた偉業を証明できない事を、手柄を大冥谷に落としたって言われる様になったそうな。

「という訳で、試作キメラ討伐完了だっ！」

◆

「わ、儂の自慢のキメラが……」

氷漬けになった試作キメラを見て、ガンエイさんが膝を突いて項垂れる。

「完璧だと、これ以上のキメラは作れんという自負があったというのに……」

うーん、もしかしてちょっとやり過ぎちゃったかな？

でもあのキメラは何とかしないと、またどんどん子供を産んで増えていただろうからなぁ。

それが何かの弾みで外界に出たりでもしたら、とんでもない大騒ぎになっちゃうからね。

「でもまぁ、本当に、僕達が倒せる程度の相手で助かったよ」

「っ！」

何せ相手は、古代の文明を魔人の軍勢諸共滅ぼした白き災厄っていう魔獣を倒す為に生み出された最強キメラだからね。

僕達だけで倒せたのも何か理由があったに違いない。

「っ……っ!!」

あれ？　なんかガンエイさんがギョロリとした目でこっちを見てくる。

あー、あれかな？　自分の作ったキメラが完全体だったら負けたりはしなかったって言いたいのかなあ？

「ええっと、生みの親のガンエイさんには残念だったかもしれませんけど、僕達としてはあのキメラが本当の力を発揮できなくて助かったと思いますよ。ほら、なにしろ相手は最強のキメラですし、真の力を発揮してたらさすがに勝てなかったんじゃないかなと……」

そう、例えば環境が原因でキメラの成長が不完全だったり、子供を産んだ事で体力を大きく消耗していたりといった具合にだ。

うん、それが正解な気がする。

「っっっっ!!」

何故かガンエイさんが額に青筋を浮かべて声なき声を上げる。

ええと、その通りだって言いたいのかな？

「それと、きっとこの場所じゃ食べ物が流されてくる魔物や魚だけで、十分な栄養が足りなかったんですよ。もっと栄養豊富な場所だったら戦いは違っていましたよ！」

「っ！　っっっ!!」

ガンエイさんが額にいくつもの青筋を浮かべて口をパクパクさせている。

なんだか餌を求めて水面に顔を出した養殖の魚みたいだ。

「っっっ!!　っった！」

た？

「たかが試作キメラを倒したくらいで調子に乗るでないわぁぁぁぁぁぁ!!　儂のキメラは最強じゃぁぁぁぁぁいっ!!」

ガンエイさんの雄叫びが、地底湖中に響く。

「ちょーっと昔に作ったキメラじゃから、性能的にいまいちだっただけじゃい！　今の儂が本気で作ればもっと強いキメラが出来るわいっ!!」

ガンエイさんが地面をダンダンと踏み鳴らしながら力説する。

「ええ、もちろん分かっていますよ。ガンエイさんがアンデッドになってまで研究を続けて生み出したキメラですもんね。凄いに決まってます」

「～～～～～っ!!」

ガンエイさんが口を大きく開いてワナワナと震える。

「お、おおおっ覚えとれぇぇぇぇぇ！　ぜーったいお前よりも強いキメラを作ってやるからなぁあぁあぁ!!」

そう叫ぶなり、ガンエイさんは地底湖から飛び出して行ってしまった。

「……ええと、どういう事？」

ちゃんとガンエイさんのキメラの凄さを認めてるって発言したのになぁ。

何でそれが僕よりも強いキメラを作るって話になっちゃうんだろう？

僕はそれが分からなくて、皆の方を見る。

すると皆は何故かウンウンと腕を組んで深く頷き合っていた。

「いやー、見事な煽りっぷりだったわ」

「ああ、もはや狙って言ったとしか思えない発言の数々だったな」

「プライドもへったくれもないいな」

「素直に昇天された方が傷が少ないと思うのだけれど……」

「キメラ研究の技術も面白そうだが、あの負けっぷりを考えると時間の無駄か？」

などと好き勝手な事を言い合っていた皆が僕を見て言った。

「「「「まぁなんにせよ、相手が悪い」」」」

「ど、どういう意味ですかぁぁぁぁー!?」

いやホント、どういう意味なの？

第88話　すべて終わって

「では緊急会議を始めるとしようか」

ここは王都の中心である王城内の会議室。

そんな場所にこの俺、冒険者ギルドのギルド長ウルズは居た。

会議室の中には、多くの貴族だけでなく、騎士団の重役、それに神殿の偉いさんの姿まであった。

彼等はいずれも要職に就く有力貴族達ばかりだ。

そんな錚々《そうそう》たる顔ぶれの中で、唯一の平民であるこの俺は肩身が狭くて仕方がなかった。

この会議は、元鉱山である禁止領域の奥にある遺跡で起きた、驚天動地の出来事を国に報告した為に急遽開催されたものだ。

まぁ報告書の中身は真面目に読んだら冗談みたいにヤバい内容ばかりだからなぁ。

「ではギルド長、説明を聞こうか」

そう告げたのは、恐れ多くも国王陛下その人だ。

本来なら家臣である大臣が会議の進行を務めるものだが、今回は緊急会議なので堅い事は無しだそうだ。

まぁ派閥に関係なく有力貴族達をこれだけ集めているんだから、あまり格式ばった内容だと揉めるからだろうな。

だがそんな陛下の計らいのお陰で、平民である俺が会議の場で発言する事も許可されているのだから悪い事ばかりでもない。

いや、こんな場所に呼ばれた事自体が不幸なんだけどな。

「全ては今回の事件の舞台となった禁止領域から、これまで発見されなかった高ランクの魔物が大量出現した事に端を発します……」

そして俺は、今回の事件の顚末を貴族達の前で報告する。

◆

報告を終えると、予想通り会議室は騒然となった。

「魔人だと!?　あれはおとぎ話の存在だったのではないのか!?」

「その先行して調査をしたというSランクの冒険者達というのは何者だ!?　キメラと言えば大型のモノになれば騎士団が一軍団必要になる様な相手だぞ?　それをたった数人で倒したというのは本当か?　どんな作戦で討伐したのだ?　聞けば魔人を討伐したのもその冒険者達なのだろう!?」

「待て待てバハムートだと!?　Sランクの魔獣がなぜ洞窟などに居るのだ!?」

「いやそれよりも問題は古代のキメラ製造設備が使用可能な状態で存在していた事だ！　これがあれば我が国が無尽蔵のキメラ軍団を手にすることが出来るぞ！」

うーん、本来の問題は魔物の大量出現の解決報告だったんだがなぁ。

とはいえ、今回の発見はどれをとっても冒険者ギルドだけで対処出来るような内容じゃない。

それこそ国に報告の義務が発生するレベルの懸案事項だったからなぁ。

「ええい冒険者やバハムートなどどうでもよい。むしろ問題は魔人の方だろう。本当にそれは魔人だったのか？　本物の魔人だったとして単体でどれほどの実力なのだ？　今回の事件によって我々がこの時代で初めて魔人と遭遇した事になるのだ。他国に知られる前に魔人の情報を先んじて集めねば」

と、お貴族様の一人が俺に対して質問してくる。

まぁ、伝説だと思われていた人類の天敵が実在したとなれば、国防上かなりの重要案件になるからな。

「ノルマン男爵、卿は内大海の魔物調査の報告を聞いていないのか？　件の事件でも魔人の存在が確認されたとの報告があっただろう？」

「い、いや、話には聞いたが、海軍のでっち上げたデタラメだと思っていたのでな……」

内大海に現れた巨大な魔物の討伐事件と、それを端にした魔人と巨大魔獣事件は俺も摑んでいる情報だ。

海辺の国を悩ませた巨大な魔物が内大海にまで影響を及ぼし、その原因となった存在があの魔人だったという大事件だ。

幸いにも同行していた高ランク冒険者達の協力で、その魔人が本格的に暴れだす前に捕らえる事に成功したのは幸いだったと言える。

そして魔人の身柄は海辺の国と共同で管理する事になる……筈だった。

だがその魔人を輸送中、突如現れた伝説の魔物バハムートによって、輸送していた船ごとどこかに連れ去られるという、惨憺《さんたん》たる結果に終わった訳だが。

それゆえ、魔人を直接見る事の無かった貴族達からすれば、捕らえた魔人の存在そのものが疑わしいものに思えるのも無理はない話だった。

もっとも、その一緒に連れ去れた船が、後日空飛ぶ船などという非常識な存在へと生まれ変わって王都に戻ってきた事で状況は一変した。

何しろ王都の上空を船が飛びながら横切って行ったんだからな。

王都は貴族から平民まで上を下への大騒ぎだ。

船の所属を知らなかった貴族様達から、あの空飛ぶ船を調査しろとかいう無茶な依頼がギルドに来たくらいだ。

そんな事件があった事で、魔人の存在もデタラメと一蹴できなくなったと思ったんだが、領地や屋敷に籠って現物を見ていなかった連中には実感がわかなかったと見える。

そして図らずも、この光景が貴族達の情報収集能力の差を浮き彫りにする形となった。

この会議で、情報収集で後れを取った事がバレてしまったノルマン男爵を始めとした貴族達はこれから大変だな。

「落ち着くのだ皆の者」

会議の場が混沌としてきた事で陛下が声を上げ場を鎮める。

さすが国王陛下の言葉だ、雛鳥の様に囀っていた貴族達が綺麗に口を噤んだ。

「まず議題のきっかけとなった魔物の大量出現問題は解決された訳だな、ギルド長よ？」

「はい、その通りでございます。我がギルドに所属するSランク冒険者達の活躍によって、危険なキメラと凶悪な魔物の多くが討伐されました。先日お納めしたキメラの素材を見て頂ければ、我がギルドの精鋭の力をご理解いただけた事かと」

「うむ、あのキメラ達の死骸は余も確認したぞ。よもや数十メートルを超えるキメラを少人数で討伐する事が出来るとは、さすがはSランクの冒険者達であるな」

報告の信ぴょう性を増す為にあえて解体せずに運び込んだ巨大なキメラ、確か試作キメラとかいう名前だったたか、アレを見た事で陛下は俺の報告を偽りなしと判断してくれた。

「騎士団長よ、数十メートルのキメラとなれば騎士団ではどれほどの脅威と判断する？」

「はっ、一般的なキメラですと体長はおおよそ3〜6メートル。キメラは複数の生物の能力を持つ非常に厄介な生物の為、最低でも三個小隊が必要になります。冒険者ギルドの格付けに合わせるならBランクといったところです。ですが特殊能力を持った特別な個体ですと危険度が跳ね上がる為、部隊数を七小隊に増やし、更に魔法使いおよび僧侶も動員してAランクとなるでしょう。10メートルを超える個体はただ大きいだけで脅威度が跳ね上がります。こちらもやはりAランクに相当します。必要とされる戦力は大きさに比例して更に増やす必要が出ます」

と、ここで騎士団長が一拍を入れる。

「ただ、数十メートルのキメラとなるとそれ以上の脅威でしょう。過去に例のないサイズですし、報告を見る限り魔法に等しい特殊な能力をもった個体です。間違いなくSランクの魔物と同等かそれ以上、騎士団を総出撃させ、宮廷魔導師と教会の僧侶を総動員してようやく相手になるレベルかと……」

騎士団長の発言を聞き、場内の空気が凍りつく。

「つまり、上位のドラゴンに並ぶ脅威という訳だな」

「その通りです」

陛下の発言に再び場内がざわめきに包まれる。

「ドラゴンだと……!?」

「古代人はそれ程の存在を人為的に生み出す事が出来たのか!?」

「皆の者、恐れる必要はない。ギルド長よ、魔人および遺跡で生み出されたキメラは、Sランク冒険者達によってすべて討伐されたという事で相違ないな？」

「いえ、魔人は討伐されましたが、キメラにつきましては洞窟をすべて調べない事には断言は出来ません」

「うむ、では残った魔物とキメラの討伐には騎士団も参加させるとしよう。しかるに遺跡から得られる物を全て回収した後には鉱山と繋がる穴を封鎖し、将来的には鉱山を再開するものとする」

成る程、高レベルの魔物が出現する原因だった遺跡の魔物とキメラを討伐した以上、鉱山を危険領域として廃棄するメリットはなくなるからな。

これは妥当な考えだろう。

まぁ実際には国営鉱山再開を理由に冒険者達を入れなくして、遺跡を国が独占するつもりなのだろう。

それに関してはギルドにも遺跡発見の利益が与えられるだろうから、問題はない。

今後の問題が起きた時の為の交渉カードにもなるからな。

何より、ギルドがキメラを開発する技術を独占したところで面倒なことになるだけだ。

下手に国に勘ぐられるくらいなら、素直に国に明け渡して対価や権利を貰うのが賢い大人のやりかたってもんだ。

「だがさすがはSランクの冒険者達だ。聞けば彼らは遺跡で発見した強力なマジックアイテムや、古代の知識から蘇らせたロストマジックを操るのであろう？　此度の事件では運よくそれらの力を使いこなす猛者が集まったおかげで、未曽有の危機を乗り越える事が出来た訳だ。まったく、よくぞそれ程の猛者達を集めてくれたものだ。ギルド長よ褒めて遣わす」

「ははっ、有りがたきお言葉にございます」

まぁ本当にヤバいのはその中の一人だけなんだけどな。

どうせ言っても信じてくれないだろうから黙っておこう。

正直あのボウズの活躍は聞けば聞くほど自分の耳と正気を信じられなくなるからな。

「しかし古代人と魔人双方を退けた、白き災厄なる魔獣の存在も気になる所であるな。件のキメラ開発施設を活用できるようになれば、我ら人族の未来の為に大いに役立つことであろう」

「ええ、その通りですな。Sランク冒険者が苦戦するほどのキメラを生み出せるとなれば、他国に対して我が国の軍事的優位は計り知れません」

と、先ほどノルマン男爵を論破していた貴族の一人がすり寄る様に同意する。

そのキメラ達をあっさり倒しまくったSランクが居るからあんまり調子にのんなよー。

「うむ。しかし遺跡で研究を続けていたアンデッドだったか、その者が姿を消したのは気になるのう」

まぁそこは俺も気になるが、それを知ったのはすべてが終わって報告を受けた後だからなぁ。

「なに、所詮はアンデッドが一体のみです。もし我が国に反旗を翻したのであれば、僧侶達による除霊の魔法で強制的に浄化してしまえばよいだけの事ですよ」

と、騎士団と司祭が笑いながら胸を張るが、その前にアンデッドが生み出すであろう新たなキメラの事は考えていないのだろうか？

「それに白き災厄なる魔獣は古代の伝承にすら存在しておりませぬ。あまり真剣に受け止める必要もないのでは？　しかもその魔獣を倒す為に作られたキメラすらも冒険者共に倒されたと言うではないですか。我等王都騎士団は、この国が出来てから長きにわたって鍛え上げて来た騎士達の集まりです。その魔獣がどれほど強くとも所詮はたかが一頭の魔獣です。我等が万全の準備で当たれば恐るるに足りませんとも」

「そうですぞ陛下。そもそも魔人なぞ伝説上の存在。実在していたとは言え、その者達が本当に伝説に語られる程の強さを持っているとは限りませぬ。こちらもたかだか冒険者数人が束になって勝てた程度の相手というではないですか。その様な相手なら我等騎士団に倒せぬ道理がございませぬ」

騎士団の連中がここぞとばかりに冒険者達をこき下ろして自分達の有用性を語り始める。

つーかお前等な、ご自慢の騎士団がクソ重い鎧と槍を振り回して洞窟の中で戦えるつもりかよ！

お前等の強さは数と馬と魔法の援護があってこそ成り立つもんだろうが！

冒険者の強さをお前達の強さと同じ物差しで考えるんじゃねぇよ！

とはいえ、ギルドの長である俺が騎士団を否定する発言を口にするのは色々とマズイ。

ここは我慢あるのみだ。

伝えるべき事は伝えたし、あとはこの退屈で面倒な会議をどう無難に過ごすかに集中するとしよう。

こうして全ての問題が解決したと安心しきっていた俺達だったが、数日後、遺跡内部のキメラ開発施設とその資料が、ごっそり姿を消したと聞いて大騒ぎになる事を、俺達はまだ知らなかったのだった。

◆

「ただいまー」

「おかえり兄貴！」

「あ、おかえりー」

仕事を終えて家に帰ってきた僕達を、ジャイロ君達が出迎えてくれる。

「なぁなぁ兄貴、Sランクの指名依頼ってどんな内容だったんだ？」

帰ってきて早々、ジャイロ君が土産話をせがんでくる。

「ほらほら、仕事帰りで疲れているんだから、せめて椅子にくらい座らせなさいよ」

「今お茶入れてきますね」

ミナさんが窘めて、ノルブさんがお茶を用意してくれる。

あー、家に帰って来たって感じがするなぁ。

「で、どんな冒険をしてきた訳？」

と思ったらミナさん達も椅子に腰かけて話を聞く気満々だ。

あー、これはお茶菓子代わりに僕達の冒険を聞くつもりだね。

「はいはい」

そうして僕は、ジャイロ君達にどんな冒険をしてきたのかを語り始めた。

◆

「……って訳で、最下層の試作キメラを倒した後は、数日かけて洞窟内の魔物やキメラを退治してたんだ。で、めぼしい魔物も見つからなくなった事で、無事依頼達成となった訳さ。そしてこれが報酬の金貨１５００枚と山分けした魔物の素材、それに遺跡の資料室に残されていた歴史の本だよ」

途中で何度かのお茶休憩をはさみながら、僕は今回の冒険を語り終え、テーブルの上に報酬の金貨と山分けした魔物の素材で一番見栄えの良い素材、そして最後に資料室で見つけた一冊の歴史の本を置いた。

「「「「……っ」」」」

けれど何故か僕達の冒険を聞き終えたジャイロ君達は感想を口にすることなく無言だった。

あれ、もしかしてつまらなかったかな？

まぁ特別凄い冒険って感じでもなかったからね。

「……す、すごいじゃない。それじゃあレクス達は古代文明時代の研究資料やキメラを作る技術を手に入れたって事なんでしょう？」

と思ってたら、ミナさんが頬を紅潮させて興奮した様子で声を上げる。

「それって凄いの？」

と、興奮するミナさんとは対照的に、技術的な面に疎いメグリさんが首を傾げる。

むしろメグリさんはテーブルに置かれた魔物素材の方に視線が釘付けだ。

「そりゃあそうよ！　キメラの製造技術よ！　キメラってのは古代文明の技術によって複数の動物の要素を掛け合わせて生み出された生命なんだけど、その技術は現代には残っていないのよ！　だからその知識が手に入ったっていうのは、ものすごい事なのよ！」

あれ？　今の時代ってキメラの製作技術が失われてたの？

そういえば前世で良く見かけたペットキメラを王都では見かけなかったなぁ。

「……良く分かんない」

「……まぁとにかく、今は失われたすごい技術なのよ」

「へぇ……」

技術的な話には興味なさそうなメグリさんの様子に、ミナさんが溜息を吐いてそれだけ伝える。

「あーでも、後で報告があったんだけど、僕達が鉱山を出て王都に戻ってくる最中に遺跡内の主要な資料や装置は忽然と姿を消しちゃったらしいんだよ」

「ええ!?　何よそれ!?　盗まれたの!?　誰に!?」

せっかく手に入れた技術が消えたと聞いてミナさんが驚愕に目を見開く。

「多分ガンエイさんが新しいキメラを作る為に持ち去ったんじゃないかな？　もともとあの遺跡はあの人が管理していたわけだし、僕達に遺跡の場所を知られちゃったから邪魔をされない様に別の場所で研究を続けようとして持ち去ったんだろうね」

まぁ研究者あるあるだ。

「そ、そんなぁ〜」

どうやらミナさんはキメラ開発の知識に興味津々みたいだ。

今度僕の知っているキメラの技術を教えてあげようかな？

「まぁそんな訳で僕達の成果といえば、魔物とキメラの素材、それに資料室で手に入れたいくつかの資料だけって訳さ」

「も、もったいない〜……」

まぁでも、僕達の本来の目的は魔物の異常出現の理由を解明解決する事だから、目的は十分に果たしていたから良いんだけどね。

「……」

「あれ？　どうしたんですかジャイロ君？」

と、ずっと無言だったジャイロ君にノルブさんが話しかける。

そう言えばジャイロ君が叫ばないのは珍しいなぁ。

「……く」

「「「く？」」」

「悔しいぜっ！」

ええ？　いきなり何!?

「何が悔しいのよ？」

突然悔しがり出したジャイロ君に、ミナさんがなげやりな感じで質問する。

キメラの知識が手に入らなかった事で興味を失くしてしまったみたいだ。

「だってよぉ、兄貴達はそんなすげぇ冒険したのに、俺達は一緒に戦えなかったんだぜ！　悔しいじゃねぇか！」

ああ、ジャイロ君は僕達と一緒に冒険出来なかったのが残念だったのか。

「しょうがないでしょ。私達は冒険者になって間もないのよ？」

「寧ろレクスのお陰で普通の冒険者よりもずっと早くランクが上がってる」

「そうですね、ついこの間冒険者になった僕達が、もう一人前であるDランクを超えているんですからね。寧ろ凄い事ですよ」

と、皆がジャイロ君を慰めている。

うんうん、こういう時理解のある仲間が居ると良いよね。

「けどよぉ、それでもやっぱりよぅ、そんなすげぇ冒険に参加出来なかったってのは男として悔しいじゃねぇか」

「我が儘言ってるんじゃないわよ」

それでも納得出来ず悔しがるジャイロ君をミナさんが呆れた眼差しで見つめる。

「でも、その気持ちは分かるわ」

と、言ったのはリリエラさんだった。

「おお、分かってくれるかリリエラの姐さっ痛ぇっ！」

リリエラさんの同意を得て、我が意を得たりと立ち上がったジャイロ君の足をミナさんが蹴って黙らせる。

うん、こういう時は慣れた間柄は羨ましくないね。

「どういう意味なの？」

「レクスさんと一緒に今回の依頼を受けたけれど、キメラ達との戦いでは正直力不足を痛感したわ……自分ではかなり強くなったつもりだったんだけどね」

「うーん、そんな事はないと思いますよ」

と、僕は口を挟む。

実際リリエラさんは良く頑張っていたと思う。

「でも現にキメラとの戦いじゃ、目の前の敵を相手にするだけで精一杯だったわ。レクスさんの手助けなんてとてもとても。これじゃあいつまで経ってもレクスさんに恩返しなんて出来ないわ」

そういえばリリエラさんが僕の仲間になった理由は恩返しの為だっけ。

本当に真面目な人だなぁ。

「でも、冒険者の実力は腕っぷしだけじゃあないですよ。大剣士ライガードの冒険でも言っていたでしょう？　戦わずして勝つ者こそ無敵、知恵を以て冒険を制する事もまた強さの形だって」

これは僕の好きな大剣士ライガードの冒険の一節、リソウさん達と一緒に行動している時にも話していたリッチとの戦いで語られたセリフだ。

前世や前々世でひたすら戦いの技術の開発や力ずくの討伐を続けてきた僕にとって、力だけに頼らないこの話は、数あるライガードの冒険譚の中でも特にお気に入りのエピソードの一つなんだよね。

「冒険者の本分は冒険。僕達が戦うのはあくまでも依頼を達成する為の手段の一つであって、戦いでの解決は騎士や傭兵達の本分ですよ」

僕の言葉にノルブさんやメグリさんがうんうんと頷く。

「そうね、戦わずに解決できるならそれに越した事は無いわ。そういう意味では戦わないで事を収める技術という考え方も納得できるわね」

と、ミナさんも僕の言葉を肯定してくれた。

「けどよぉ、やっぱり強くなった方が良いと思うぜ。勝たないと解決できない問題もあるだろー？」

けどやっぱりジャイロ君とリリエラさんは自分の力不足が不服みたいだ。

ふーむ、まぁ二人の言いたい事も分からなくはないんだよね。

確かに今後そういう可能性も出てくるかもしれないからなぁ。

となると、次の目的地は……

「だったら、次の冒険は修業を兼ねた力試しが出来る場所に行く？」

「「行くっ!!」」

ジャイロ君とリリエラさんの声が綺麗にハモる。

「おっけー、それじゃあ次はドラゴン相手に修業しようか」

「おお、ドラゴンか！　そりゃあ腕が鳴る……ぜ？」

「ええ、ドラゴンが修業相手なら、相手にとって不足……は？」

と、そこでリリエラさんが言葉を止め、皆がこちらを見つめて来る。

「「「「……え？」」」」

「うん、次の目的地は、ドラゴン達の聖地、竜騎士の国ドラゴニアだ！」

うん、やっぱり修業相手と言ったらドラゴンがぴったりだよね！

「あそこならドラゴンがわんさかいるから、修業相手には事欠かないよ！」

「「「はぁぁぁぁぁぁぁっ!?」」」

うんうん、皆出発前から気合入ってるね。

十章おつかれ座談会・魔物編

アントラプター	(/・ω・)/「後半も続投です！　直後にやられましたけど！」
廃棄キメラ	(/・ω・)/「廃棄された先で平和な生活を営んでいたのに襲撃されました」
最下層の魔物	(/・ω・)/「墜ちて来たご飯を美味しく食べていたら襲撃されました」
ヘルバジリスク	(/・ω・)/「本体出ましたー！　すぐやられたけど！」
ヘルバジリスクの毒	(:3) レ∠)_「本体だらしなくない?」
ヘルバジリスク	_:(´д`」∠):_「「自分の分泌物にダメ出しされた……」
試作キメラ	(/・ω・)/「元飼い主が来たので諸共に襲撃したら凍らされました」
バハムート	(´;ω;`)「静かに子育てをしていたら押し入られました」
魔物達	(:3) レ∠)_「「「「ドンマイ」」」」
バハムート	ヽ(ﾟДﾟ)ノ「静かに暮らしたいだけなのにーっ！」
試作キメラ	(:3) レ∠)_「まぁ前の章の連中みたいに全滅しないだけマシなのでは?」
バハムート	_:(´д`」∠):_「次こそは安住の地を！」
魔物達	(:3) レ∠)_ (((((無理そう))))
最下層の魔物	(:3) レ∠)_「というかですね、正直言って我々ガチで被害者では?」
試作キメラ	(:3) レ∠)_「だよねー、最下層で平和に暮らしていただけなのにねー。それはそれとして生みの親は是非ともぶちのめしたかった」
バハムート	(:3) レ∠)_「次回はドラゴンの番かー。頑張れよー」
魔物達	(:3) レ∠)_ (((((いや、アンタも同じドラゴンなのでは?))))

現代編

『リリエラの冒険日記
～Sランクの仲間も規格外～』

現代編『リリエラの冒険日記～Sランクの仲間も規格外～』

それは危険領域内にある遺跡へレクスさん達Sランクパーティを無事送り届けた後のことだった。

レクスさん達の護衛を担っていた私達Aランクメンバーは、第二キャンプへの帰路についていた。

一仕事終えてあとは帰るだけ。

けれど、私以外の冒険者達はちょっとだけソワソワとしているみたいだった。

まぁ、その理由は分かるけどね。

「さて、Sランクの連中も送った事だし、行きに狩った魔物の素材を回収するとするかねぇ！」

先頭を歩くジョフさんがウキウキした様子で声を上げる。

彼は私を除けばこのメンバーの中で一番若い冒険者だ。

と言ってもジョフさんの年齢も30近いから、私よりだいぶ年上なんだけどね。

「いやー、まさかブラッドファングがこんな所で倒せるとはなぁ。アイツが居るのって大体広くて隠れる場所の多い森とかだったから、逃げ場の少ないこの洞窟の中じゃ超楽に倒せたぜ！」

「ああ、高ランクの魔物が多い危険領域の奥だけあって希少な魔物が多かったし、アレを回収したらいくらになるか楽しみだな」

レクスさん達を遺跡に送る最中に多くの魔物を討伐した私達だったけれど、今回はSランクパーティを送り届けるのが優先だからと素材の剝ぎ取りは禁止されていたのよね。

だからみんな帰りは希少な素材を回収できるってウキウキしていたの。

「確かにな。こんな奥地まで入れたのも、大量のAランク冒険者をギルドが集めたからだからな。そうじゃなきゃ、ここまで万全の状態で奥まで来る事は出来なかっただろうさ」

実際、貴重な素材を持つ魔物は危険な土地の奥地に居る事が多いのよね。

と言うのも、外周部分で暮らす価値の高い魔物は、大抵皆が狩りつくしてしまっているから。

だから入り口付近は金にならない魔物か、戦っても割の合わない魔物ばかり。

当然残った金になる魔物は、侵入の困難な奥地にしか生息していなかった。

だから皆、今回の大規模調査で貴重な魔物を大量に討伐出来て上機嫌だった。

「他の魔物に横取りされない様に、急いで戻ろうぜ！」

「落ち着け。ただでさえ暗いんだから、周囲の警戒を怠って魔物に襲われたら元も子もないぞ」

「ちっ、分かってるよ」

そう言いつつも、やはり浮足立っているジョフさんの姿を見て、私は思わず苦笑してしまう。

実際、私もジョフさんと同じ立場なら同じ様に浮足立っていたかもしれないからだ。

でも私は彼の様に慌てなくて良い理由があった。

と言うのも、私はレクスさんに作って貰った私専用の魔法の袋があるからだ。

お陰で私は自分の討伐した魔物だけこっそりと魔法の袋に収納しておくことが出来た。

何で自分の分だけ収納したのかって？

それは簡単。レクスさんの作った魔法の袋を他の人に知られたくなかったからよ。

魔法の袋は貴重なマジックアイテム。それだけでも価値がある上に、その中には大量の金目のものが入っているかもしれないんだから、タチの悪い連中に知られたら間違いなく狙われるわ。

まぁこのマジックアイテムは私しか中身を取り出す事が出来ないんだけど、狙ってくる連中はそんな事知らないでしょうしねぇ。

だから知られないようになるべく内緒にしておくに越したことはないわ。

そのあたり、レクスさんは気にしなすぎるのが心配なんだけど……

自分だけズルいと思われるかもしれないけど、そういったズルさも含めて一人前の冒険者の強さだって、昔辻パーティを組んだ熟練冒険者も言っていたわね。

人を騙すズルさは問題だけど、自分を守るズルさは大事だとも言っていたわ。

そんな理由もあって、私は焦る事無く皆と共に帰路についていた。

「君はずいぶんと落ち着いているな」

と、そんな私に対して、結構な年配の冒険者が声をかけて来る。

確かこの人はロドリーさんだっけ。

なかなか珍しい人に声を掛けられたなと私は思う。

と言うのも、年配の冒険者は実は数が少ないのよね。

冒険者は体が資本だから、年を取った冒険者は体が動かなくなる前に、ギルドの職員といった第二の人生を歩み始める人が少なくない。

中には死ぬまで冒険者を続けようとする人もいるけれど、そういう人達は新しい就職先を見つける事が出来ないままダラダラと低ランクの冒険者を続けるような人達が大半だ。

でもロドリーさんはAランクの冒険者。探せばいくらでも引退後の仕事が選べる筈。

だから私は彼を珍しいと思ってしまった。

「そうですか？　自分ではそんな気はないのですが」

「ああ、その若さからは考えられない程落ちついている。今もしっかり周囲の警戒もしているしね。普通君くらいの若者だったら、向こうの彼等の様にもっと浮足立っているものだからね」

まぁそれは、私が彼等の様に放置してきた魔物の死骸の心配をしなくて良いからなんだけどね。

「倒した魔物の素材を横取りされる事は、冒険者をしていればよくある事ですから」

「ははは、それを良くある事だと言い切れるのはやはり大したものだよ。流石はSランク冒険者大物喰らいの仲間だ」

どうやらレクスさんの仲間だから興味を引いていたみたいだった。

「私もロドリーさん程の年齢の方が現役で冒険者を続けているのは珍しいと思うのですが？」

「おっと、これは藪蛇だったな」

私の反撃を受けて、ロドリーさんがこれはしてやられたと苦笑する。

「私は冒険が好きでね。特に見た事もない景色を見るのが大好きなんだ。いわゆる、冒険に魅入られたクチさ」

ああ成る程と、私は納得した。

偶にいるのだ。金や名声の為ではなく、ただ純粋に冒険をするのが大好きな人が。

本当の意味で冒険者たらんとする人達が、ごく少数だけど存在する。

そしてこの人こそが、そんなごく少数の変わり者だったらしい。

「もう少しだけ、もう少しだけと次の職を探すのを遅らせていたら、いつの間にかこの歳だ。そんな訳でここまで来たらもう死ぬまで冒険をするしかないなと腹を括った訳さ」

「成る程、そういう事情ですか」

「そういう事情さ」

そう言って笑うロドリーさんを見て、私はレクスさんの顔が思い浮かぶ。

あの人もこの人と同じで、冒険をする為に冒険者になったタイプだものね。

お金にも名誉にも、全く拘る気配がないのはちょっと心配になるんだけど。

ロドリーさんと会ったら、二人共冒険話が弾むんでしょうね。

「うわぁぁぁぁぁっ！」

と、そこで先頭の方から悲鳴が聞こえてきた。

「っ⁉」

私達は即座に武器を構えて先頭と合流する。

「何があったの⁉」

「お、俺達が倒した魔物がっ‼」

ジョフさんが指さす方向を見れば、そこには何者かに食い散らかされた魔物達の死骸があった。

確かアレは私達が討伐した魔物の死骸……

「酷いな、丁度金になる部位ばかりが食い荒らされてる」

皆はわずかに残った部位を照らし、金になりそうな素材が残っていないかと調べてみるけれど、残っているのはあまり価値のない部位ばかりだった。

「魔物も価値のある部位を好んで食べるのかしら？」

「くっそぉー！　せっかく狩ったのによぉ！　やっぱ価値のある部位だけでも剝いでおけば良かったんだよ！」

ジョフさんが心底悔しそうに声を上げる。

うーん、Aランクの冒険者でもあんな風に悔しがるものなのね。

「とはいえ仕方ないだろう。それが依頼主であるギルドからの指示だったんだからな」

「ああ、やられてしまったものはしかたないさ。諦めて帰……」

「あーーっっ！」

と、またジョフさんが大声を上げる。

今度は一体何かと思ったら、彼はある方向を凝視していた。

「むっ、魔物か？」

ロドリーさんが言った通り、そこには数体の魔物の姿が見えていた。

「そうじゃねぇ！　あいつ等の口を見ろ！」

「「「「口？」」」」

言われた通り、魔物達の口を見ると、そこには何かが咥えられていた。

「あれは……？」

私達の位置だと、灯りが弱くて遠くまで見づらいわね。

「あいつ等！　俺達が倒した魔物の素材を咥えてやがる！　それも一番価値のある部位をっ！」

「「!?」」

ジョフさんの言葉に、他の皆の視線が集まる。

「うぉっ、マジだ！　あいつ等俺達が倒した魔物の素材を咥えてやがる！」

「マジかよ畜生！」

あの魔物達が私達の倒した魔物を横取りした犯人だと分かり、他の冒険者達も怒りの声を上げる。

「手前ぇ等、よくも俺の獲物を横取りしてくれやがったな！」

しかもジョフさん、怒りのあまり魔物に向かって行っちゃったのよ。

ちょっ!?　いくらなんでも考えなしに動き過ぎよ！

「ちょっとジョフさん!?」

「おい戻れジョフ！」

「代わりに手前ぇ等を切りきざんで素材にしてやらぁ！」

私達の制止の声もむなしくジョフさんは魔物達に向かってゆく。

そんなジョフさんの剣幕に恐れをなしたのか、魔物達は私達に背を向けて慌てて逃げ出した。

「ジョフ、一旦キャンプに戻るんだ！」

「その前にあのクソ魔物共を倒して素材を獲り返すのが先だ！」

「あの馬鹿、獲物を掻っ攫われた怒りで冷静さを失ってるな」

「ここは危険領域だってのによ」

冷静な人も居たけれど、何人かはジョフさんと一緒になって逃げる魔物を追いかけてしまった。

この場で戦うならともかく、構造も分からない洞窟の中を地図も作らず追いかけるのは、いくらなんでも無謀だわ。

「仕方のない奴だ！　追うぞ皆！」

「おいおいマジかよ」

「だれか目印を頼む！」

「分かった！」

ロドリーさんの言葉に従って仕方なくジョフさん達を追いかける事にすると、後列の冒険者が袋から何か光るものを取り出して地面に撒いて行く。

「それは？」

「コイツは月光石さ。暗い場所で光る石でな、松明ほどの光は無いから灯りとしちゃ使えないが、燃料や魔力もいらずに長時間光るから、こういった暗い場所の目印にうってつけなんだよ」

「へぇ、これが月光石」

名前は知っていたけれど、見るのは初めてだわ。

私の活動範囲は魔獣の森だけだったし、あそこはあそこで草や木が多くて、折角撒いた月光石の光を確認出来るような環境じゃなかったものね。

なにより月光石って結構高いのよね。

基本ダンジョンや洞窟で使って、帰り道に回収するのが前提のアイテムだから、屋外での活動がメインの私には縁のない品だった。

「まてこらーっ！」

「ジョフ！　いい加減に戻れ！　ここは高ランクの危険領域だぞ。偉いさんからもSランク連中を送ったら寄り道せずに戻って来いって言われただろっ！」

「あいつ等俺達が狩った魔物の素材を咥えてやがるんだぞ！　しかも一番いい部位を！　それを逃

して手ぶらで帰ったらいい笑い者だろうがよ！」

あー、冒険者って舐められて報酬を減らされないように、結構メンツを重視するものね。

でもどっちかというと、素材がもったいないって理由の方が本音でしょうねぇ。

「居たぞ！」

と、ジョフさんと一緒に追いかけていた冒険者の一人が、逃げていた魔物を見つける。

「おっ!? ラッキー！　落石であいつ等行き止まりになってんぞ！」

彼の言う通り、この先の道は天井から崩れたと思しき岩塊によって行き止まりになっていた。

ただ気になったのは、魔物達がまるで何かに怯えている様にも見えた事なんだけど。

「ねぇ、何か嫌な予感がするんだけど」

「へっ、ようやく観念したって事だろっ！　魔法頼む！」

「分かった！　……大地の子よ、我等に害成す者をうち滅ぼす棘となれ！　ストーンニードル！」

ジョフさん達が魔物と接敵する直前に、魔法使いが呪文を完成させて魔物達の足を貫く。

って言うか呪文を聞くのって久しぶりな気がするわ。

レクスさんだけでなく、ミナ達も無詠唱に慣れて呪文を使わなくなったし。

こうやって見ると、やっぱり呪文って時間がかかるのね。

「よっしゃ、行くぜオラァッ！」

魔法使いの援護攻撃に間髪を容れず、ジョフさん達が魔物に襲い掛かる。

っと、いけない。私も戦いに参加しないとね。

こうなったらさっさと戦いを終わらせるわよ！

「はぁっ！」

私は身体強化魔法を発動すると、前に居る冒険者達を飛び越えて魔物に槍を叩き込む。

槍は魔物の体を難なく貫き、一瞬で魔物を絶命させる。

「「「おおっ！」」」

「やるな嬢ちゃん！」

「ははは、っ！　その若さでAランクになるだけはあるな！」

「こりゃあ俺達も負けてはおれんぞ！」

私が最初に魔物を討伐した事で、さっきまでジョフさんを引き留めていた冒険者達までやる気になって魔物に攻撃を始める。

皆なんだかんだ言って、血の気が多いわねぇ。

「まったく、ロドリーさん達まで戦いに夢中になってどうするのよ」

けど、なんだかんだいっても実力さえ見せれば認めてくれる冒険者の雰囲気、嫌いじゃないのよね。

「ちょこまかするな！」

「逃がすかよ！」

立ち往生していた魔物達に襲い掛かると、魔物達は悲鳴の様な鳴き声を上げてもと来た道へと逃げ出す。

つまり後ろからついてきていた冒険者達が待ち構えている中に。

「逃さんよ！」

待ってましたとロドリーさんが先頭の魔物を切り捨てる。

それは最初の魔法攻撃で足を負傷していた魔物の内の一匹で、ロドリーさんの攻撃を避けきれずに一刀の下に切り捨てられる。

「さすが熟練のAランク、良い腕してるわ」

こうなると戦いの流れは完全に私達のものだった。

乱戦で逃げ足を活かせなくなった魔物達は、私達によって一匹ずつ数を減らされていき、遂に最後の一体まで倒されたのだった。

「しゃあ！　取り返したぜ！」

魔物達の咥えていた素材を獲り返して、ジョフさんが勝利の雄叫びを上げる。

「喜ぶのは後にしておけ。大分元の道からそれてしまったからな。必要な部位の解体が終わったらすぐに撤収するぞ」

「おいおい、ロドリーの旦那はせっかちだな。せっかくコソ泥野郎を倒したんだから、金になる部位は全部持って帰ろうぜ」

せっかく狩った獲物なんだから、採れるだけ採りたいという気持ちは分かるけど、あまり欲張るのもどうかしらねぇ。

「私もロドリーさんの意見に賛成だわ。欲張ると碌な事にならないわよ」

かつてゼンソ草を求めて無茶をした所為で、本気で死にかけたあの記憶が脳裏をよぎる。

「ははは、お嬢ちゃんは腕が立つ割には臆病だな。こっちは命を懸けて戦ってるんだ。早かろうが遅かろうが、襲われる時は襲われるんだ。なら全部持ち帰らないと損ってもんだぜ?」

けれど私の提案は単なる弱気だとジョフさんに否定されてしまった。

勝利に浮かれた彼等の説得は難しそうね。

こうなると説得はロドリーさん達に任せて、私は周辺の警戒に集中した方が良さそうだわ。

その時だった。

私は洞窟の様子がおかしい事に気が付いたの。

『……』

「何?」

周囲で何かが動く気配を感じる。でも魔物の姿は無い……

「どうしたお嬢ちゃん?」

周囲を警戒する私の様子が目についたのか、ロドリーさんが声をかけてくる。

「周囲に何か気配を感じるわ。皆気を付けて！」

私の言葉に皆が剝ぎ取りを止めて武器を手に取る。

『……』

「なんだこの感覚？　確かに何かが居る感じはするが、何もいない？」

「暗がりに隠れていやがるのか？」

「いや、それなら魔法の灯りに照らされる筈だ。このあたりの洞窟の壁には大きな魔物が姿を隠せるような起伏はない」

「起伏？」

そこで私は気付いた。

この辺りの壁に起伏がほとんどない事に。

確かにレンガと違って岩壁だからそれなりにデコボコしているけれど、それにしたって自然物にしてはあり得ないほど平淡な壁だった。まるで何かに削られでもしたかのように。

「周囲の壁がおかしいわ！　綺麗すぎる！」

「何っ!?」

私の言葉に真っ先に反応したのはロドリーさんだった。

「洞窟の中で不自然なほど平淡な壁……まさか!?」

彼は洞窟の平淡な壁を見て、ハッとした表情になる。

「全員壁から離れろ！　その壁は魔物だ！」

「「「「っ!?」」」」

壁の近くに居た冒険者達が、ロドリーさんの警告に従って即座に跳び退る。

『ギギギギギッ』

それと同時に、周囲の洞窟の壁がギシギシと音を立てて動き出したの。

「これは!?」

動き出した壁に亀裂が入り、まるで生き物のように四肢が出来て地面に立ち上がる。

それは3メートルはあろうかという、石の巨人だったわ。

『グゴワァァァァァァッ!!』

「ゴ、ゴーレム……?」

「いや違う！　コイツはロックウォーカーだ！　体の表面が分厚い岩で出来ていて、生きたゴーレムとも呼ばれる魔物だ！　壁に擬態して獲物を待ち構えて、獲物が縄張りの中まで入ってきたら囲んで襲い掛かる習性を持っている！」

「って事は……」

私達が後ろを振り返ると、そこには同じ様に動き出したロックウォーカーが私達の退路を塞いでいた。

更に逃げてきた魔物達を通せんぼしていた落石も、同じように四肢が伸びて立ち上がっている。

「成る程、あの魔物達が怯えていたのは、他の魔物の縄張りに入り込んじゃったからだったのね」

「けどそれなら、俺達が縄張りに入ってすぐに襲えば良かったんじゃねぇのか？」

「見た目の割には賢いのだろうさ。俺達が戦って消耗した所で、生き残った方を一網打尽にするつもりだったんだろう」

「高みの見物してたって訳か、クソッタレ！」

「ちいっとばかし厄介なのが出て来たな」

「だが俺達もAランク、岩程度でどうにか出来ると思って貰っちゃ困るぜ！」

そう言うと、ジョフさんが即座に近くにいたロックウォーカーに飛びかかる。

同時に他の皆もロックウォーカーに攻撃を開始した。

「『切り裂け』」

ジョフさんのその言葉に反応して、手にした剣が淡く輝き、ロックウォーカーを軽々と切り裂く。

「ほう、良い得物を持っている。切れ味を強化する付与魔法がかけられた魔法剣みたいだな」

と言いながら、ロドリーさんが落ち着いた様子でロックウォーカーに切り掛かる。

「はぁっ！」

こちらはマジックアイテムという訳でもないのに、ロックウォーカーを軽々と切り裂いた。

『ギギギャアアァァアッ!!』

「流石ミスリルソードのロドリー。相変わらず良い切れ味だな！」

成る程、ロドリーさんの武器はミスリル製なのね。

鋼よりも硬いミスリルなら、そりゃあ岩なんてチーズみたいなものよね。

ミスリル製の武器は素材自体が希少なうえに、精製や加工も困難で武具を作るには結構な時間がかかるのだとか。

しかも運よくミスリルを加工できる鍛冶師に仕事を依頼できても、数年先まで予約が埋まっていて、いっそ古代遺跡でミスリル武器を発掘した方が早いって冗談まじりに言われるくらいなのよね。

まぁレクスさんなら簡単に加工出来ちゃいそうだけど。

そんなミスリルの武器を持っているんだから、やっぱりロドリーさんは一流の冒険者だわ。

そうこうしている間にも、他の冒険者達が次々とロックウォーカーを撃破していく。

「Aランク冒険者ともなると、皆装備が充実しているわね」

いやまあ、元Bランクだった私が装備に無頓着過ぎただけだったのかもしれないけど。

あの頃はお母さんの病気を治す事と仕送りに必死だったから、他の事にお金を使うのは本当に必要最低限だったのよねぇ。

だからレクスさんに新しい装備を作って貰った時は本当にビックリしたわ。

こんなに簡単に敵を倒せるのって。

アレは本当に、我ながら反省したわ。装備はちゃんとしないと駄目だなって。

「はぁっ！」

私はロックウォーカーを倒しながら、自分の装備の性能の良さに改めて感謝の念を抱く。

昔の自分の装備のままじゃ、仮にAランクに昇格出来たとしてもこの魔物には勝てなかったでしょうね。

「でも今の装備なら！」

私はレクスさんに作って貰った装備を信じて、ロックウォーカーの体を纏めて横薙ぎに切り裂く。

「ヒュウッ！　嬢ちゃんの装備も結構な業物だな！　どっかの遺跡で発掘したのか？」

「まぁ、そんな所です」

近くに居た冒険者が、ロックウォーカーを纏めて薙ぎ払った私の槍に興味津々な様子だ。

けどまぁ、レクスさんの事を教える訳にはいかないしね。

「武器の性能に頼り過ぎるなよ！　装備の力でランクが上がったヤツは、その力を過信し過ぎてあっさり死んじまうからな！」

「ええ！　肝に銘じます！」

待ち伏せこそ受けた私達だったけれど、倒せない相手という訳でもなし。

落ち着いて反撃に転じた私達は、順調にロックウォーカーの数を減らしていった。

「よーっし、今度こそ素材の剝ぎ取りが出来そうだな」

ロックウォーカーの数が減ってきて、皆に余裕が戻ってくる。

「とはいえ、流石にこれだけの数の魔物を相手にするのはキツかったぞ。血の匂いに引き寄せられて新しい魔物が来る可能性が高いし、必要な素材だけ回収したら今度こそ撤収するぞ！」

「いやいや、そりゃもったいな……分かったよ」

ロドリーさんに睨まれ、ジョフさんが諦める。

確かに。素材を剝ぎ取っている間にまた新しい魔物がどんどんやってきたら、それこそ体がもたないものね。

今度こそ撤退を、と思ったその時だった。

「うわぁぁぁっ!?」

突然後方から冒険者の悲鳴が上がったの。

「何事だ！」

見ればそこにはロックウォーカーに襲われている冒険者の姿があった。

『グゴアァァァァッ!!』

しかも彼の武器はロックウォーカーにやられたのか、真っ二つにへし折れている。

「ってあれ？　何だか色が違うような？」

あのロックウォーカー、テカテカと金属みたいな色をしているわね。

でも鉄とはちがうし……

「バ、バカな！　アダマンタイトウォーカーだと!?」

「アダマンタイトウォーカー？」

驚愕の声を上げたロドリーさんに、私は何事かと尋ねる。

「君も知っているだろうが、ロックウォーカーは体表の素材によって名前が変わるんだ。鉄ならアイアンウォーカー、ミスリルならミスリルウォーカーとね」

すみません、初めて知りました。

「その中でもアダマンタイトウォーカーは最上位クラスの鉱石を身に宿した魔物なんだ！　いわば奴の体は無敵の鎧と言っても過言ではない！」

「「「な、何だってっ!?」」」

「ず、ずいぶんと詳しいんですね」

こんな珍しい魔物の事まで知っているなんて、ロドリーさんの知識にはちょっと驚かされるわ。

「ははっ、冒険を求めてこの歳まで生きて来たからね、珍しい書物や遠方から来た旅人達から得た知識が役に立ったよ」

成る程、流石は筋金入りの冒険者。その知識は本物ね。

とはいえ、これはちょっと不味いわね。そんな厄介な魔物と、レクスさんが居ない時に遭遇するなんて。

「畜生！　俺のミスリルの剣が！」

剣を折られたあの人は可哀そうだけど、今は慰めている時間なんて無いわね。

「喰らえ！　フレイムピラー！」

魔法使いが攻撃魔法を放ってアダマンタイトウォーカーを炎に包む。

『グギャアァァァァッ！』

「どうだ！　ゴーレムならともかく、生き物なら中の生身が保つまい！」

やるわね、確かに鎧が固くても生身の部分は焼けるわね。

見た目がゴーレムっぽいから、つい生き物だっていう事を失念していたわ。

「よーし！　アイツは魔法で畳み込め！」

魔法使い達がアダマンタイトウォーカーに攻撃魔法を放ってゆくと、周囲で喝采が起きる。

「いいぞぉー！」

「ハッハァー！　手前ぇの殻で新しい剣を作ってやるぜ！」

あっ、復活した。この変わり身の早さもAランクねぇ。

「よっしゃ俺達はロックウォーカーを始末するぞ！」

「「「「おうっ!!」」」」

「いっくぞおらぁっ！」

すぐにやる気を取り戻した皆は、ロックウォーカーとの戦いを再開する。

ううん、しようとした……んだけど。

『『『『ギゴゴゴゴゴゴッ』』』』

「「「「なっ!?」」」」

再び響き渡った音に私達は周囲を見回して絶句する。

私達を挟み撃ちするように、前後の道から全身が艶めいた金属の巨獣が群れをなして現れたの。

「アダマンタイトウォーカーの……群れだと……!?」

そう、私達は二組のアダマンタイトウォーカーの群れによって、挟み撃ちにあっていた。

「まさか、ロックウォーカーを囮にして俺達を二重に疲弊させたのか!?」

想定外の事態に皆の動きが止まる。

アダマンタイトウォーカー達の数は多く、その背の高さと数の密度はまるで壁が迫ってきている様だった。

これじゃあ、とてもあの中をかき分けて通り抜けるのは不可能だわ。

飛行魔法を使える私ならアイツ等の上を飛び越える事が出来るけど、それはつまりロドリーさん達を見捨てるという事。

いくらなんでもそんな真似は出来ない。

「も、もう駄目だ……」

アダマンタイトウォーカーの群れに、皆の心が折れてゆく。

「これは不味いわね……」

ミスリルの剣をへし折る様な相手がこれだけいるんじゃ、魔法使いの数が足りない。

「すまねぇ皆。俺が欲をかかなけりゃこんな事には……」

ジョフさんが声を震わせながら私達に謝って来る。

「こ、こうなったら、俺がアイツ等の気を引く！　だから皆だけでも逃げてくれ！」

そう言ってジョフさんはアダマンタイトウォーカーに剣を向ける。

「へぇ……」

ちょっと意外だわ。自制が出来ず自分勝手な人だと思っていたジョフさんだったけど、ちゃんと責任感がある人だったのね。

ううん、だからこそAランク冒険者だって事なんでしょうね。

自分の過ちを認め、その尻拭いを行おうとする姿勢、嫌いじゃないわ。

そのままアダマンタイトウォーカーの群れに突っ込もうとしたジョフさんだったけれど、その肩をロドリーさんが摑んで止めた。

「まぁ待て、若い君がそんな貧乏くじを引く必要はない」

「け、けど、俺が欲を張ったのが原因なんだ。だったら俺が責任を取らねぇと！」

「いや、ここは年寄りの私に任せておきなさい」

ジョフさんを後ろに下げると、ロドリーさんと共に数人の冒険者が前に出る。

いずれもこのメンバーの中では比較的高齢の人達だった。

「人数が多い方が隙を作りやすいだろう」

「お前達……」

「なぁに、死ぬと決まった訳じゃない。うまくすれば我々も逃げられるさ」

欠片もそう思っていないだろうに、朗らかに笑う年配の冒険者達。

「そういう事だ。若い連中は我々が作った隙をぬってここから逃げろ！　まぁ無事に逃げ延びたら助けを呼んでくれると助かるがね」

「っ！」

ロドリーさん達の振る舞いに、ジョフさん達が感極まった顔になる。

「必ず！　必ず助けを連れて来るっ！」

「よし、それじゃあ行くぞ！」

流石にこんな掛け合いを見せられたら、私も手伝わない訳にはいかないわね。

「私も手伝うわ！」

そう言って飛行魔法で皆の上を飛び越えると、上空からアダマンタイトウォーカー達に攻撃魔法を放つ。

「フリーズショット！」

とはいえ、魔法使いでない私の攻撃魔法じゃ大した効果は見込めない。

目的はあくまでアダマンタイトウォーカーの注意を上空の私に引きつける事。

「嬢ちゃん!?」

「ここは飛行魔法を使える私が囮になるわ！　皆は私がかく乱している間に包囲を突破して！」

洞窟の中じゃ飛べる事なんて大した利点にならないと思っていたけれど、意外に役に立つものね。

「フリーズバレット！」

狙い通りアダマンタイトウォーカー達は上空から攻撃してくる私に意識を向け、視線がロドリーさん達から外れる。

「すまん嬢ちゃん！　行くぞお前達！」

ロドリーさんはすぐに私の提案を受け入れて、身を低くしながらアダマンタイトウォーカー達の隙間へと潜り込む。

流石全員Aランクだけあって、とっさの判断が速いわね。

まぁこっちは飛んでいるから、囮役になっても皆より安全だものね。

「とはいえ、あんまり高い所に居ても駄目よね」

アダマンタイトウォーカー達が私に攻撃が届かないと分かると、狙いをロドリーさん達に戻す危険がある。

だから私はある程度高度を下げてアダマンタイトウォーカー達の攻撃を誘発する。

そしてアダマンタイトウォーカー達がジャンプをして私に攻撃してきたタイミングで、少しだけ高度を上げて攻撃を回避しつつ、こちらからも攻撃魔法を放って注意を引き寄せる。

そんな事を繰り返しているうちに、ロドリーさん達は包囲の中ほどにまでたどり着く。

「さすが熟練の冒険者達だけあって、前衛だけでなく後衛の動きも悪くないわね」

けれどここで想定外の状況が発生する。

私へのジャンプ攻撃に失敗したアダマンタイトウォーカーの一体が、空中で仲間とぶつかった所為でバランスを崩して、ロドリーさん達の逃げる先に落ちてしまったの。

「うぉっ!?」

更に間の悪い事に、落ちて来たアダマンタイトウォーカーとロドリーさん達の目が合ってしまう。

「グォォォォォン!!」

仲間の叫びで、周囲のアダマンタイトウォーカー達がロドリーさん達の存在に気付く。

「不味いわね！」

私は急ぎ魔法を放ったけれど、アダマンタイトウォーカー達は何度やっても攻撃の届かない私は無視して、確実に攻撃を当てられる位置にいるロドリーさん達を攻撃する事を選んだ。

「がぁっ!?」

「ぐぉっ!?」

ロドリーさん達は必死で攻撃を回避しながら突き進もうとしたけれど、周囲を囲まれた状況では碌な回避など出来る筈がなく、アダマンタイトウォーカー達の攻撃に晒されてしまう。

「くぅっ！　若い連中を守れ！　どのみち最初から捨て石になる覚悟だったんだ！　それが嬢ちゃんのお陰でここまで無傷でこられただけ御の字だ！」

「だなっ！」

「おうよ！」

「嬢ちゃんももう逃げろ！　ここまでやってくれただけで十分だ！　後は俺達が何とかする！」

年配の冒険者達が若い冒険者達を庇う様に、アダマンタイトウォーカー達との間に割って入る。

「がはっ！」

「くらいやがれロックブラスト！」

「ゴアァァァァツ!?」

魔法使いが至近距離から放った攻撃魔法がアダマンタイトウォーカーに命中し、その体が仰け反る。

「よしっ！」

「グルァァッ!!」

「ぐあぁぁっっ！」

けれど他のアダマンタイトウォーカーが魔法使いを横から殴打し、その体を地面に叩きつけた。

「駄目だわ、これじゃああの人達が保たない！」

ロドリーさん達が壁になる事で、ジョフさん達は包囲網の三分の二の位置にまで進んだ。

このままいけばジョフさん達は無事に包囲から逃げる事ができるだろう。

でも、壁となって彼等を守っているロドリーさん達は限界が近い。

「こうなったら一か八か！」

私は危険を承知で高度を落とすと、上からアダマンタイトウォーカーに槍で攻撃を仕掛けた。

上空からの魔法攻撃じゃ効き目が薄いと気づかれてる。

だったら接近して攻撃すれば、もう一度相手の注意を引けるかもしれない！

「危険だ！　近づくな嬢ちゃん！」

降りてきた私に気付いたロドリーさんが逃げろと言うけれど、ここで逃げられるような性格なら、レクスさんと一緒にパーティを組んだりしてないっての！

私は氷の属性強化を発動させ、全力で槍を突いた！

スルリ。

「え？」

槍を敵の装甲にぶつける事で、強い衝撃が返って来ると覚悟していた私だったのだけれど、それが一切起きなかったことで、私は思わずバランスを崩してしまう。

「っとと!!」

慌てて上空に避難すると、次の瞬間にズズゥンと重い音が響き渡った。

「な、何っ!?」

まさかまた敵の増援かと慌てたのだけれど、音がしたのは自分の真下からだった。

「い、今の音は何？」

上空から下を見れば、そこには脳天を貫かれて倒れたアダマンタイトウォーカーの姿があった。

「え？」

私は一体何が起こったのかと首を傾げる。

それはアダマンタイトウォーカー達も同様だったようで、何があったのかと困惑しながら仲間の様子を見ているみたいだった。

「ええっと……」

その光景を見て、私はある考えに至る。

そして自分の考えが正しいのかを確認する為に、倒れた仲間の様子を見ようと屈んでいたアダマンタイトウォーカーの首めがけて槍を振るった。

スポーン！　と、そんな気持ちのいい音が聞こえた気がするくらい、アダマンタイトウォーカーの首が簡単に落ちる。

再び重い音を立てて倒れるアダマンタイトウォーカーの体。

「ええと、これはやっぱり」

私は再び上昇すると、アダマンタイトウォーカー達を見つめる。

同時にアダマンタイトウォーカー達達も、二度仲間を屠った私を見つめた。

「……」

「「「「……」」」」

「こ、ここは私に任せて皆は逃げて！」

「「「「ボウァァァァァァァァッ!?」」」」

私が上空から飛び込んでいくと、アダマンタイトウォーカー達が悲鳴を上げながら逃げまどい始めた。

うん、分かるわその気持ち。

今まで無敵の鎧だと思っていた自分達の殻がチーズみたいに切り裂かれれば、そりゃあパニックにもなるってもんよね。

でも悪く思わないでね。これも弱肉強食の掟。

具体的に言うと、レクスさんの作った武器がとんでもなさすぎた所為なのよ！

「はぁぁぁっ！」

私が槍を横薙ぎに振るうと、アダマンタイトウォーカー達の首が弾ける様に転がってゆく。

必死で逃げるアダマンタイトウォーカー達だけれど、重い鎧を纏った彼等では、飛行魔法で追いかける私から逃げ切る事は出来ない。

「グォォォォッ!!」

こうなったら戦うしかないと、反転して向かってくるアダマンタイトウォーカー達も居たけれど、私はそんな彼等の足元に魔法で氷の地面を作る。

「アイスフィールド！」

「グォアォッ!?」

急に地面がツルツルになった事で、アダマンタイトウォーカー達はバランスを崩して転倒してしまう。

「せいっ！」

空を飛んでいるから地面の変化の影響を受けない私は、倒れたアダマンタイトウォーカー達に次々と止めを刺していった。

そうして大した時間をかける事無く、私は全てのアダマンタイトウォーカー達を殲滅する事に成功してしまったのだった。

「……やっちゃった」

うん、我ながらやってしまった。やってしまえた。

まさか全身アダマンタイトの鎧を身に纏ったも同然の魔物の群れを、こんなに簡単に倒せちゃうなんて……

「って、レクスさんの鍛えた槍強すぎでしょう！　何コレ!?　切れ味良過ぎて怖いくらいなんだけど!?」

切れ味が良い武器だと思っていたけれど、まさかここまでとは思ってもいなかったわよ!?

こんなに切れ味が良いって知ってたのなら、最初からアダマンタイトウォーカー達を全滅させる事が出来たって事よね!?

ロドリーさん達の決死の覚悟がなんか茶番みたいになっちゃってるんですけど!?

「ってそうだ、ロドリーさん達は!?」

ロドリーさん達が負傷していた事を思い出した私は、急ぎ彼等の方に向き直る。

「「「「「……」」」」」

するとそこには、呆然とした様子でこちらを見るロドリーさん達の姿が。

あっ、この光景、私いつも見てる気がするわ……

「え、ええと、皆さんご無事ですか？」

「「「「「あっはい。大丈夫です姐さん!!」」」」」

「姐さんっ!?」

ちょっ!?　ジャイロ君じゃあるまいし、自分よりの年上の先輩達に姐さん呼ばわりは勘弁して!?

「おかげで助かりました姐さん！」

「まさかこれほどお強いとは！　流石はSランク冒険者のパートナーを務めるだけの事はありますね姐さん！」

「先輩面して生意気な口を利いてスンマセンでした姐さん！」

「や、止めてぇぇぇぇっ!!」

私はロドリーさんに助けを求めるべく視線を向けたのだけれど、そのロドリーさんもまた私に対してキラキラとした目を向けていた。

「まさかこれほどの腕をお持ちだったとは。先達ぶって格好をつけていた自分が恥ずかしい限りです」

うわぁーん！　この人もかぁ〜！

その後、無事に第二キャンプに戻った私達だったのだけれど、何故か同行していたパーティメンバー達が皆して私を姐さん呼ばわりするようになっていた事で、キャンプで待機していた皆が首をかしげたのは言うまでもない。

っていうか、凄いのはレクスさんの武器であって、私じゃないんだってばぁ〜！

あとがき

作者「二度転生5巻をお買い上げ頂きありがとうございます！　作者でございます！」
モフモフ「今回も表紙に載りました次期主人公の愛され系マスコットです」
作者「そんな予定ねぇよ（ここまで定期）」
リソウ「そして俺が実力派リーダーリソウだ」
フォカ「フォカです、よろしくお願いします。ところでレクスさんは居ないのかしら？」
ラミーズ「ラミーズだ。珍しい魔法は無いか？」
ロディ「おう、ロディだ。皆は久しぶりだな」
モフモフ「なんか色々出てきた!?」
作者「今回のゲストだな」
モフモフ「おおう、久しぶりのまともなゲストだな」
作者「うむ、5巻では遂にレクス以外のSランク冒険者達が登場だ。最高位の冒険者達の恐るべき実力を見よっ！」

リソウ／フォカ／ラミーズ／ロディ「と言われてもなぁ……これが普通のSランクの実力なんだよねぇ」
モフモフ「普通のSランクというパワーワード。そもそも数えるほどしか居ないのに普通とは……アレと比べられるのも迷惑だろうし、もうレクス級とか作った方が良いのでは？」
作者「人名を固有名詞にするなし」
リソウ「正直言って厳しい現実を突きつけられた」
モフモフ「いやアレは規格外だから」
フォカ「彼には是非聖都で洗礼を受けて神子になって欲しいです！」
モフモフ「これ以上力を与えないで！　宗教的権威まで付けたら手が付けられなくなっちゃう！」
ラミーズ「とりあえず5巻で使われた魔法の術式を一式欲しいんだが？」
モフモフ「コイツブレねぇな……」
ロディ「少年には是非リベンジしたいな。また勝負がしたいぜ」
モフモフ「お前はまず我に勝つのが先だろう」
ロディ「グフッ！」
作者「この様に5巻でSランクを出したのは、この世界での最高峰の一端を担う個人の実力を知ってもらう為でもあった訳だ」
リソウ「作者には人の心が無いのか」

モフモフ「それはともかく、この巻で我のバックボーンが見えて来たな。もしかして我凄い存在じゃない？　ラスボスとかになっちゃう？」
作者「ああ、Lv９９最強装備スキルＭＡＸになった主人公にフルボッコにされる役だな」
モフモフ「もうすでにそうなってるんですがー！　というかアレLv９９じゃないよね!?　Lv９９９とかだよね!?」
作者「さて、レクス達の世界がこんな状況になった事情も分かってきた所で、物語はターニングポイントを迎えたと言えます」
モフモフ「無視するなー！」
作者「そんな中で暗躍を続ける魔人達。果たして彼等は一体どんな恐ろしい企みを企ているのか!?
　魔人達は無事生き残れることができるのか!?　まぁ無理だろうけど」
ラミーズ「秒で本音が出た！」
作者「と、そんな所でそろそろ良いお時間になりました」
モフモフ「おおう、時間の流れとは早いものだな」
リソウ「結局ろくに話せなかったな」
フォカ「人数多かったですからねぇ」
ラミーズ「それよりも新しい古代魔法の資料が欲しいんだが」
ロディ「いやだからもう終わりだって」

作者「次は6巻でお会いしましょー！」
モフモフ「我への応援よろしくねー！」
Sランクs「「「お疲れさまー！」」」

がココにある。
私、能力は平均値
でって言ったよね!
私の従僕
二度転生した少年は
Sランク冒険者として平穏に過ごす
～前世が賢者で英雄だったボクは
来世では地味に生きる～
転生したら
ドラゴンの卵だった
～最強以外目指さねぇ～
戦国小町苦労譚
領民0人スタートの
辺境領主様
毎月15日刊行!!
https://www.es-novel.jp/

アース・スターノベル
EARTH STAR NOVEL

EARTH STAR NOVEL

二度転生した少年はSランク冒険者として平穏に過ごす ～前世が賢者で英雄だったボクは来世では地味に生きる～ 5

発行 ―――― 2020年7月15日　初版第1刷発行

著者 ―――― 十一屋　翠

イラストレーター ―――― がおう

装丁デザイン ―――― 冨永尚弘（木村デザイン・ラボ）

発行者 ―――― 幕内和博

編集 ―――― 増田 翼

発行所 ―――― 株式会社 アース・スター エンターテイメント
〒141-0021　東京都品川区上大崎3-1-1
目黒セントラルスクエア　8F
TEL：03-5795-2871
FAX：03-5795-2872
https://www.es-novel.jp/

印刷・製本 ―――― 中央精版印刷株式会社

ISBN 978-4-8030-1435-8